가슴에 담다

이동로 제2시집

시음사
시사랑음악사랑

QR코드 스마트폰으로 QR 코드를 스캔하면
시낭송을 감상할 수 있습니다

 본문
시낭송
감상하기

 제목 : 손 편지 한 장
시낭송 : 박영애

 제목 : 바람의 꽃으로
시낭송 : 박영애

 제목 : 당신을 그리워하며
시낭송 : 박영애

 제목 : 빗물에 젖은 들판
시낭송 : 박영애

 제목 : 젊음과 늙음
시낭송 : 박영애

 제목 : 낙조는 아름다워
시낭송 : 박영애

 제목 : 설익은 시를 다듬고
시낭송 : 박영애

 제목 : 노을 진 바다에서
시낭송 : 박영애

 제목 : 참살이
시낭송 : 박영애

 제목 : 자두 열매 솎아내기
시낭송 : 박영애

 본문 시낭송 모음

영상은 YouTube 정책 또는 운영 관리에 따라 삭제될 수도 있습니다.

시인은 자연을 이야기하고 시낭송가는 자연을 품었다
글자는 날개를 달아 언어로 날고 소리는 자연에 눕는다

시인의 말

이 시집은 공감과 위로를 담은 시들의 아름다운 집합입니다. 각각의 시는 마음에 피는 꽃처럼 달콤한 향기를 풍기며, 독자들에게 사랑과 위안을 전해줄 것입니다.

사랑은 우리 인간의 가장 아름다운 감정 중 하나입니다. 이 시집은 사랑의 홀씨를 다룬 시들로 가득 차 있습니다. 사랑에 빠지고, 사랑을 받고, 사랑을 잃는 감정들이 아름답게 표현되어 있으며 우리의 가슴에 따뜻한 감정을 불어넣을 것입니다.

우리가 서로를 이해하고 공감할 수 있는 능력으로 공감의 멋을 담은 시들을 담고 다른 사람의 감정과 경험에 공감할 수 있을 뿐 아니라, 우리 자신의 감정을 더 깊이 이해할 수 있을 것입니다. 또한, 우리의 상처를 치료하는 시들로 이루어져 있기에 위로를 받으며 어려운 시기에 우리를 격려하고 용기를 주는 메시지를 전달합니다. 이 시들은 마음을 달래고, 삶의 힘든 순간을 이겨내는 데 도움을 줄 것입니다.

봄, 여름, 가을, 겨울에 피는 꽃은 자연의 아름다움과 변화를 상징합니다. 이 시집은 각 계절에 피는 꽃으로 구성되어 있어 우리에게 자연의 흐름과 삶의 변화를 생각하게 하여 우리에게 새로운 에너지와 희망을 심어줄 것입니다. 그리고 많은 사람들의 노력과 협력으로 탄생한 작품으로 편집자, 시음사, 독자 여러분께 진심으로 감사드립니다. 여러분의 지지와 사랑이 이 작품들이 세상에 선보일 수 있도록 도와주셨습니다.

마지막으로, 이 시집이 여러분의 마음에 향기를 느끼고 새로운 영감과 재미를 제공할 수 있기를 바라며 여러분의 마음이 따뜻해지고, 생각이 깊어지기를 기대합니다.

시집이 독자들에게 큰 기쁨과 만족을 선사할 수 있기를 바라며, 이 시집을 읽어주셔서 진심으로 감사드립니다.

시인 이동로

* 목차

공감과 위로

1. 가슴에 피는 꽃

2. 사랑의 홀씨

3. 공감의 멋

4. 위로의 맛

마음 담래기

1. 봄에 피는 꽃

* 목차

2. 여름에 피는 꽃

3. 가을에 피는 꽃

4. 겨울에 피는 꽃

해설이 있는 공감 시

공감과 위로

1. 가슴에 피는 꽃

<봄을 바라보는 마음(인연의 시작)>

손 편지 한 장

은은한 커피 한잔을 앞에 두고서
생각에 잠기는 번뇌의 시간 속에
중년의 여유로움을 찾아봅니다

순간마다 인내와 감사하는 시간
하루라는 길 위에 소중한 추억을
꽃잎 송이에 마음을 담아봅니다

인생길에 두 마음이 한 마음 되어
함께 기뻐해 주면 더불어 마음을
나눌 수 있는 시간에 감사합니다

험난한 세상 함께 걸어가는 길이
아름다운 꽃길이 되기를 바라며
꽃잎 한 장 바람에 띄워 보냅니다

따뜻한 마음이 전해지는 그대는
시절 인연으로 만나 동행해 주니
오늘은 당신의 꽃나비가 됩니다

제목 : 손 편지 한 장
시낭송 : 박영애
스마트폰으로 QR 코드를 스캔하면
시낭송을 감상할 수 있습니다

바람의 꽃으로

아득한 지평선 넓은 들판으로
겹겹이 불어오는 꽃바람 타고
부드럽게 휘감고 도는 꽃향기

눈 감으면 떠오르는 그대 모습
계절이 흘러도 언제나 미소로
다가오는 바람꽃에 취하련다

속삭임의 꿈을 실어 오는 향기
유혹하는 바람꽃을 감싸면서
황홀한 마음은 행복을 느끼며

가슴에 내리는 비에 젖어 들어
잡을 수도 없는 바람꽃에 취해
한동안 가슴에 피우고 싶어라

마음으로 소리 없이 스며드는
행복한 님의 향기 바람꽃이여
언제나 함께 나누며 걸어가요

제목 : 바람의 꽃으로
시낭송 : 박영애
스마트폰으로 QR 코드를 스캔하면
시낭송을 감상할 수 있습니다

1. 가슴에 피는 꽃

애증의 바다

험난한 걸음 앞에서 돌아가듯이
인생에서 가장 소중한 시간 속에
고비사막 걷는 맘으로 살아가요

동행의 보금자리 서로 마주 보며
하염없이 먼 길을 함께 달려오니
서산의 보름달 빈 뜨락에 내려요

바닷길 걸어가는 마지막 둘레길
돌아서 가는 깊고 무거운 발걸음
홀로 외딴섬 등대지기가 되구려

사랑보다 더한 그리움 짊어진 채
그대를 닮고 싶었던 기나긴 세월
조금씩 잊어버리면서 살아가요

홀가분한 마음에 내려온 석양은
그대의 아픈 가슴을 그리워했던
애증의 바다를 건너가고 있구려

행복 물들이기

칭찬과 격려로 물들여 가고
믿음과 감사의 마음 생기니
사랑과 행복으로 물들이고
소망과 기쁨의 마음 만드네

성공한 사람들은 한결같이
칭찬에 익숙한 사람들이며
비난을 좋아하는 사람들은
실패의 전주곡에 슬퍼지네

비난받으면 마음 움츠리고
칭찬받으면 마음이 열리니
삶 속에서 즐거움 찾아가고
기쁨 나누고 행복 물들이자

I. 가슴에 피는 꽃

빈자리 채우며

나뭇잎 하나둘 떨어진 가지들
앙상한 가지만이 겨울잠 자고
푸석해진 나뭇잎 영양분 준다

차가운 냉기류에 외로움 더해
얼음물 청량수 상큼함도 주니
쓸쓸한 고독감 씻어주고 간다

갈 바람의 몸부림에 서걱서걱
슬피 우는 갈대의 울부짖음에
내 마음도 적적해져 오는구나

지난가을 불태우던 정열 꽃은
시나브로 어디론가 사라지고
윤슬에 내려온 햇살 반갑구나

계절의 깊은 상처는 치유하며
자연의 아름다움을 의지하니
가을에 떠나간 빈자리 채우네

추억의 동행 길

걷고 걸어도 끝이 없는 구름길
나 홀로 걸어가는 인생길에도
포근한 햇살에 홍엽은 불타고

다정히 걸어가는 구름길에는
뭉게구름만이 앞을 가려 주어
꿈길에 발버둥만 치고 있구려

좋은 벗과 함께 걸어가는 길은
먼 길도 쉽사리 지치지 않으니
걷고 걸어가는 꿈길은 즐겁고

세상은 혼자 살기에는 무서워
외롭고 힘든 길을 동행해 주니
동반의 든든한 그대가 좋구려

거칠고 세찬 바람길 허허벌판
강길 따라 부는 바람 마주하는
우정의 동행 길은 꽃길이라네

1. 가슴에 피는 꽃

미워도 다시 한번

종이는 찢기가 쉽다 해도
붙이기는 어려워지듯이
인연도 깨질 수 있지만
다시 만나기 어렵습니다

마음을 닫고 말로만 하는
대화 속은 진실이 덜하듯
서랍을 닫고서 귀중품을
꺼내는 것과도 같습니다

사랑은 행복의 디딤돌로
서로의 마음을 전해주는
꿀을 얻어 가는 꿀벌처럼
달콤한 매개체 같습니다

미움은 불행의 씨앗이듯
긍정의 맘은 미움을 씻고
오롯이 떠다니는 돛단배
끌리는 곳으로 떠납니다

미워도 미련 떠나지 않아
정으로 채워진 인연에는
미운 정 고운 정 쌓여가며
사랑의 불씨를 피웁니다

갈대의 마음

살랑이는 바람결은 하늘 흔들고
떨리는 마음은 설렘의 기분으로
유유히 흐르는 강물 같은 맘이네

푸른 물결을 지켜보는 마음에는
뜨거운 햇살도 강물에 스며들고
어엿한 그대의 모습 의젓하구나

앙상한 가지 사이로 뜨거운 태양
갈대의 너울춤에 태양도 비시시
구름 속으로 살포시 숨어 버린다

출렁이는 무대 위에 청둥오리들
휘황찬란한 불빛에 춤을 추듯이
물보라 파편 속에 사랑을 나눈다

시원한 바람에 몸을 추스리며
수양버들 아래의 갈대도 은근히
향긋한 꽃향기에 기쁨을 나눈다

마음은 청춘

해도 서산으로 기울어 가듯이
내 마음도 서서히 서산을 넘어
어둠의 밤길을 홀로 걸어간다

혹독한 태풍도 순식간 쉼터를
쓸어 버리고 생명을 빼앗으니
이 어찌 슬픈 현실이 아닐까

메말랐던 긴 가뭄도 지나가고
짧은 장마의 더운 여름도 가니
태풍과 폭우로 자연을 쓸어갔지

서늘한 바람은 편안한 삶 주고
풀벌레들은 사랑의 아우성에
밤낮 즐거운 노래를 부른다

어느새 인생 후반전의 모습도
하늘이 푸르고 맑아 보이지만
중년의 마음에 붉게 물든다

마음 다지기

우울한 사람은 과거를 살고
불안한 사람은 미래를 살고
평안한 사람은 현재를 산다

창문 열면 바람이 들어오고
마음 열면 행복이 들어오고
생각 열면 지혜가 떠오른다

아침엔 웃음으로 문을 열고
낮에는 열정으로 일을 하고
저녁엔 마음으로 쉼을 한다

웃음에서 행운이 찾아오고
겸손에서 인연이 찾아오고
미소 짓는 얼굴에 복 든다

웃음은 늘 먹는 비타민이고
사랑은 수시로 나누는 보약
다정한 대화는 에너지원이지

I. 가슴에 피는 꽃

설빈화안

싸늘한 바람 부는 강길 걸으며
맑은 겨울 날씨 하나를 사들고
바람막이 친 팔각정 쉼터에서
한잔의 커피에 사랑을 담는다

차가운 날씨에 운동을 하면서
따스한 고운 햇살을 마주하니
주름진 계급장은 미소 지으며
즐거운 모습은 설빈화안이다

나무에서 떨어지지 않으려고
한두 잎 남은 잎새들 흔들면서
겨울 한파를 즐기듯 나부끼며
지나가는 행인들 반겨 주구려

무심한 바람만이 불어오던 날
하얗게 품어주는 눈발 내리니
주렁주렁 매달린 과일 감싸고
꽃피운 눈송이로 감싸 주네

* 설빈화안 : 꽃다운 얼굴과 달 같은 모습

걸으니 즐겁네

머리는 너무 빨리 판단하여도
생각은 너무 쉽게 뒤바뀌어도
마음만은 날씨만큼 뜨겁지만

자신의 발걸음 가는 대로 가니
머리도 가슴도 함께 즐거워서
달구어진 마음에는 꽃이 피네

뜨거운 햇살 아래 가슴속에는
따뜻한 마음으로 걸어가는 길
비단길 숲속은 오아시스라죠

이글거리는 태양을 등에 업고
행복한 미소 품은 찐한 향기에
너울지어 동산에 가득 넘치니

온천지에 피는 어여쁜 화초들
웃음꽃에 향기가 날아오더라도
산책길은 구슬땀으로 즐겁네

1. 가슴에 피는 꽃

인연의 굴레 속에

인연의 소중함을 소홀한 탓으로
내 곁에서 사라지게 했던 사람들
떠난 뒤의 후회와 아쉬움을 준다

마음이 온화하게 살아가는 힘은
내 일을 자신의 일처럼 생각하고
아픔과 기쁨을 함께 나누는 것이네

서로의 생각을 공유하는 대화에
삶의 소중함을 알고 있는 사람들
행복을 함께 나눌 수 있어 즐겁네

온전한 사랑에 가려진 악연들로
인연은 한 번밖에 오지 않다 해도
끈이 닿는 연줄은 인연으로 가네

자주 만나는 관계를 찾아주면은
맑은 무지개는 색동옷으로 오니
인연은 또 다른 만남으로 갑니다

화성과 금성

별빛이 드는 늦은 오후 저녁 무렵
싸늘한 찬 기운 도는 밤하늘에는
작은 별 중에 달 옆자리의 화성이
황톳빛으로 물끄러미 바라본다

찬 공기를 덮어쓴 해맑은 금성은
반짝이는 달을 시샘하듯 저 멀리
유혹의 별빛으로 나를 찾아오니
오늘은 잠 못 이룰 겨울밤 되겠다

그대를 좋아하고 사랑하지 않았다면
기다림과 그리움도 없었을 텐데
하얀 눈 내리는 돌담길은 뽀송하다

초록빛 새싹으로 세상을 덮으니
내 마음에도 생기가 돋아나지만
겉모습은 명랑하고 태연하여도
그대 마음은 은결들었다고 하구나

* 은결들다 : 마음속이 원통한 일로 남모르게 속이 상하다

인생 곡선 그리기

자연의 흐름은 뭉게구름 떠가듯
세상 구경하며 달리는 느낌이라
앙상한 겨울잠에 새싹은 움튼다

몸으로 느끼는 심신의 무게 속도
자연의 속력에 정비례하며 가니
세월의 흐름은 자연의 모습이다

삶의 즐거움은 꺾은선 그래프로
곧은 직선을 향하여 달려가지만
거침없는 곡선으로 그려가더라

청년의 열정에 에너지는 정비례
중년의 열정은 반비례로 향하듯
삶의 의욕과 에너지는 식어간다

브레이크도 없이 앞만 보고 달린
인생의 가혹한 형벌의 그래프는
심장박동 요동치듯이 그려간다

물길 포스터

강길 위로 덩달아 출렁이면서
사계절 번갈아 흘러가는 강물
그리움 벗 삼아 흐르는 친구

메아리 소리로 울리는 계곡은
하늘 천장 모습 수채화 그리며
유유히 흐르는 강물 출렁이고

자갈 바닥의 돌부리 비껴가는
조용히 흐르는 강바닥 물줄기
세상 구경 없이 무심히 흐르네

가슴팍 때려주는 은은한 향기
세월의 물길을 따라 흘러가니
강길 옆에 피어있는 꽃길 가고

산능성 가려주는 짙은 안개 속
노다지 피어 있는 꽃을 보면서
물길 속으로 생각을 헹군다네

25　　　　　　ㅣ. 가슴에 피는 꽃

2. 사랑의 홀씨

〈바람의 나라(하늘나무)〉

살가운 사랑

시원한 바람 부는 언덕에 올라
고추잠자리 힘차게 날아가는
신나는 모습에 동공이 멈추고

눈알 굴리는 잠자리의 눈빛에
코스모스 꽃잎이 살짝 비치고
두 손바닥 비비며 어루만진다

맑은 하늘에 뜨거운 햇살 아래
무르익은 상수리나무 사이로
시원한 바람은 가슴 조아리고

바위 언덕 사이로 흐르는 물에
발 담그며 마음을 녹여주었던
지난 시절의 추억을 되새긴다

회오리 같은 번개 사랑을 하며
늘 흔들리는 뿌리 없는 연민에
살가운 사랑이 스쳐 지나간다

2. 사랑의 홀씨

인연의 강물

계곡물처럼 흐르는 세월 속에
당신을 만난 인연도 우연하게
만나게 된 것도 없이 흐릅니다

나무의 뿌리에서 만난 빗물은
옹달샘으로 모여든 물기운에
만남의 응집력 함께했습니다

산비탈 타고 내려온 빗물에는
새소리에 노래 짓고 불러보며
흥겨움에 춤을 추고 흐릅니다

수많은 세월을 먹은 강물처럼
굽이 흘러가는 시간의 추억이
그리움으로 영원히 빛납니다

하늘처럼 아름답고 구름처럼
피어나는 꽃 그림에 수놓으며
당신과의 인연으로 흐릅니다

사위어지는 인생

초록 잎새 물들어가던 나뭇가지
꽃피우고 향기를 뿌려주는 계절
뜨거운 햇살에 과일 속살 채운다

계절에 익어가는 오곡백과들은
다솜에 그리워하는 햇살에 젖어
저녁마다 가슴 저미어 그립구나

짙은 녹음들도 뜨거운 햇살 받아
퇴색되어 가는 광합성에 잎새들
촘촘히 채색되어 꽃으로 보이네

밤새워 그리움에 마음이 흐노니
멀리 떨어진 그대의 샛별 가까이
맴도는 마음은 성운에 가려졌네

어두운 밤하늘에 나 홀로 별빛은
아스라이 반짝여 오는 그리움에
사위어 떨어질 때까지 기다리네

＊ 사위어 : 불이 다 타서 재가 되다
＊ 다솜 : 애틋한 사랑
＊ 아스라이 : 아득히 흐릿한
＊ 흐노니 : 누군가 굉장히 그리워 하는 것

2. 사랑의 홀씨

강물은 말없이 흐른다

유유히 흐르는 강물은 자연스럽고
다정다감 흘러가는 물결처럼
인생살이도 강물처럼 흘러가리

꽃피고 지는 것이 인지상정이듯
인고의 세월 견디며 살아오면서
가슴으로 흐르는 삶은 행복하다

비우고 채우는 삶도 욕심 지우고
화난 감정은 그냥 그대로 삭히고
자연 그대로 돌려주고 볼 일이다

유유히 세월은 흐르고 강물 따라
큰 바다를 찾아 떠나는 인생처럼
온갖 사연으로 담아 가고 흐른다

세월에 꽃피고 열매 맺고 살찌워
흐르는 강물처럼 두리뭉실 익어
채우고 비워주는 즐거움이 좋다

자연은 사랑이더라

홍엽으로 물들어가는 계절처럼
가슴에 스며드는 바람결에 담은
가을바람은 사랑으로 느껴지네

끝이 보이지 않는 넓은 수평선이
온 사방 둘러쳐진 바다 한복판은
푸른 물결로 흐르는 세월 같구나

세상은 눈물겹도록 사랑스럽고
주변의 자연을 돌아보면 모두가
사랑이고 그리움으로 가렸구나

미워했던 청춘도 세월이 지나니
어둠에 가려진 사랑의 불씨만이
홍엽으로 잠시나마 보일 뿐이네

삶의 이정표 따라 달려가다 보면
자연에서 생존하는 모든 것들이
사랑으로 꽃피고 지는 삶이라네

2. 사랑의 홀씨

당신을 그리워하며

당신이 간절히 보고 싶을 때
가슴으로 화안을 그리며
핸드폰에 시를 적어 봅니다

두 눈을 감고 마음의 붓으로
내 가슴팍에 당신의 모습을
하나둘 채색하며 그려 봅니다

삶은 외로움의 연속이지만
외로움보다 더한 그리움을
시화로 승화해서 써봅니다

허전한 영혼을 채워가려면
눈으로 느끼고 향기 맡으며
맛으로 대신하고 싶습니다

언젠가는 창공을 훨훨 날아서
당신이 머물고 있는 곳으로
살포시 찾아가고 싶습니다

제목 : 당신을 그리워하며
시낭송 : 박영애
스마트폰으로 QR 코드를 스캔하면
시낭송을 감상할 수 있습니다

소소한 행복 찾아

언제나 꽃처럼 밝고 고운
은은한 향기 뿜어주는 자연
기쁘고 미소 짓는 즐거운 순간만
기억하고 되새기는 산책길입니다

혼자 걸어가는 사색의 길에
통통하게 살찐 메뚜기들 모습
가을의 풍요로움에 힘이 나듯이
인생길은 오롯이 홀로 걸어갑니다

강 따라 걸어가는 길가에
코스모스는 바람에 춤을 추며
길가의 꽃길은 아름답게 보이고
흐르는 강물도 여유롭게 보입니다

흘린 땀방울에 보람 찾고
뒤를 돌아보면 여유로움 생겨
꽃도 보이고 푸른 하늘도 보이며
길가의 초목도 아름답게 보입니다

앞만 달려가는 인생길보다
신호 없는 도로를 걸어가면서
쉬엄쉬엄 시골 풍경 구경하며
소소한 것들로 행복 찾아봅니다

2. 사랑의 홀씨

삶의 소리 찾아

개천에 앉아 무심히 귀 기울이면
물만 아니라 모든 사물 움직이고
흘러간다는 사실을 깨닫게 된다

좋은 일이든 궂은일이든 우리가
겪고 있는 것은 모두가 한때일 뿐
세상만사가 다 흘러가며 변한다

인간사도 전 생애의 과정을 보면
기쁨과 노여움, 슬픔과 즐거움이
지나가는 순간, 감정의 연속이다

세상일이란 나 자신이 지금 당장
겪고 있을 때 견디기 어려울 만큼
고통스럽지만 시간만이 해결한다

세상에 원인 없는 결과가 없듯이
누구라도 자신이 파놓은 함정에
우리 스스로 빠지게 되는 것이다

긍정의 마인드

아름다운 풍경의 가을이 지나고
매서운 삭풍의 바람 옷깃 여미는
쓸쓸하고 삭막한 겨울 찾아온다

얼어붙어 영원히 녹지 않을 듯이
동토의 땅에도 봄이 찾아오거늘
자연의 섭리에 순응하고 따른다

부정적인 생각은 육신의 질병과
마음의 상처를 안겨주게 되지만
긍정적인 생각은 희망을 준다

깊어진 아집과 편견은 독선적인
고정관념서 벗어나지 못하거늘
집착할수록 꿈과 희망 멀어진다

주어진 여건을 긍정적인 생각에
맡겨진 업무에 최선을 다한다면
자신이 믿고 원하는 대로 이룬다

2. 사랑의 홀씨

마시멜로 효과

눈 쌓인 겨울 산의 소나무 아래
전망 좋고 아늑한 곳을 찾아서
바람막이 바위 앞에 쉼을 한다

공간의 희소성으로 안락한 곳
온기가 도는 명당의 값어치가
사람들의 마음을 이끌어 간다

헛배만 부풀리는 화폐의 가치
마시멜로 효과로 변장을 하고
하루하루의 삶을 옭아매는군

욕망이라는 이름의 저수지가
참다움이란 여유와 푸근함을
이죽거리며 짓밟아 뭉개간다

굽잇길 흐르는 드넓은 강길은
삶의 유혹 따라 흐름에 적시고
훨훨 털고 날아가고 싶어진다

* 마시멜로 효과 : 순간의 유혹을 절제하는 능력은 즉각적인 만족감을 절
제하고 통제하는 현상을 일컬어 심리학에서는 마시멜로 효과라 함

사랑의 소용돌이

슬픈 사랑은 늘 외롭게만 느끼고
마음에서 가슴속까지 숱한 날들
마음 새기며 별을 헤아려 말한다

사랑의 어긋남 없이 바른 삶에도
고독한 생활에 희망은 찾아오고
설렘의 마음에 심장은 요동친다

즐거운 사랑은 생명수 마시듯이
가슴으로 흐르는 따뜻한 혈류가
사랑의 소용돌이 돌고 돌아온다

가슴속에 품었던 사랑의 노래는
봄꽃이 피듯이 화려한 꽃봉오리
마음에도 사랑이 가득 차오른다

풋사랑에 스며든 사랑 꽃피우며
사랑하는 모습으로 물들어 가니
부풀어가는 멋진 사랑 넘쳐 온다

그리움의 분노

겨우내 혹독한 환경을 이겨내고
밤새워 옹알이에 아름다운 꽃을
잉태하며 피우려 안간힘 쏟았지

은은한 아르페지오의 선율 따라
분홍빛으로 물들여진 운율 속은
수줍음에 떨리는 마음 흔들렸지

소리 없이 찾아오는 그리움 앞에
애간장 녹이는 분홍빛 내 마음은
점점 붉은빛을 내며 물들여 가요

애타는 그리움에 잊고 싶어 하는
떠난 사랑이여, 당신을 바라보고
기다리는 마음은 나약해져 가요

그리움에 젖은 슬픈 분노의 절망
붉게 핀 홍매화의 간절함 같으니
가슴 타는 그 마음은 용광로라네

* 아르페지오(arpeggio) : 기타, 피아노, 하프 등 한 개의 화음에 속하
는 각 음을 동시에 연주하지 않으며 최고 음이나 최저 음을 한 음씩 순차
적으로 연속적으로 연주를 하는 주법

세월은 어디로

햇살 빛 푸르던 계곡의 잎새들도
세월에 익어가듯 푸르게 덧칠해
청엽도 만추에 깊이 물들어버린
홍엽도 때가 되니 어쩔 수 없네

붉게 물들었던 서산의 단풍들도
해가 기울며 어둠에 묻혀버리듯
깊게 내려앉은 호수에 비친 달빛
그림자도 살짝이 떠나가는구나

잊혀가는 그리운 이들의 얼굴이
미소처럼 아련함으로 스쳐 가고
꽃향기는 그리움으로 모락모락
굴뚝 연기처럼 높이 솟아오른다

사랑으로 피어오른 실구름처럼
정겨움이 넘치는 카페에 앉아서
아늑한 클래식 음악에 심취하며
중년의 가는 세월을 잡고 싶구나

2. 사랑의 홀씨

들꽃처럼 사랑을

풀잎 사이로 고개 숙인 들꽃이라 하지만
너의 여린 모습에 강한 끌림이 오가더니
부드러운 너의 작은 꽃송이 더 가까이서
강한 향기를 뿜으니 정감이 더 깊어져요

한적한 들판에 자생하는 여린 꽃이라도
향기 나는 꿀을 벌에게 모든 것을 주듯이
서로가 마주 보며 다져온 사랑의 밀알로
산골 오두막에 둥지를 틀어 살고 싶어요

동행하는 길섶에 다소곳하게 피어있지만
님 가시는 길 따라 향기를 피워 안내하고
촉촉한 풀잎 사이 단아한 들꽃 한 송이가
은은한 향기로 가는 길을 멈추게 하네요

아름다운 바다여

고요한 새벽 바다의 등대를 향해
만선에서 울리는 뱃고동 소리에
출렁이는 바닷길을 따라 살포시
미역 냄새 풍기며 항구로 온다

바다의 향기 가득한 추억의 섬길
어여쁜 산능선에 가을을 알리는
새빨간 꽃무릇 피어 있는 산책길
뜨거운 햇살 반짝여 꽃 피운다

잿빛 에메랄드빛 바다 섬 주변에
사랑 노래 싣고 그리운 추억들로
유람하는 아름다운 크루즈 배는
육지와 바다 사이를 연결해 준다

출렁이는 바다 꽃이 예쁘게 피고
자유롭게 하늘을 날으는 갈매기
젊은 청춘들의 예쁜 사랑 나누기
쫀득한 입맛을 돋구워 주는 전어
전망 좋은 테라스에서 제맛 본다

41

싱그러운 여름 길

정열의 덩굴장미로 에워싸고
고혹한 제 빛깔로 그윽한 향내
바람이 스치고 지나간 자리에
그리움에 황홀한 향기 적시고

서산을 넘어가는 노을 진 저녁
청보리를 쓰다듬고 창공 높이
새들은 집을 찾아 하늘 날아서
산골 깊은 계곡으로 떠나가요

들판의 청보리 햇살에 익으니
싱그러운 열매 알차게 익으며
바람에 살랑살랑 무게 느끼어
보기만 하여도 배가 불러가고

자연은 늘 변화하고 세월 따라
꽃들도 피고 지는 채소 과일들
익어가는 푸르름도 더해가듯이
뜨거운 햇살은 땅을 달구네요

3. 공감의 멋

〈바람의 노래(희망의 들)〉

자연의 감미로움

신나게 달리는 기차여행은
기계음의 소리에 익숙하듯
삐그덕삐그덕 연결음에서
흔들림의 요동이 즐겁구나

차창 가를 지나는 황금들판
아늑한 마을의 정겨움 속에
시골의 정취는 그대로인데
나이는 나만 먹고 있구려

어디에선가 날아오는 낙엽
코끝에 감겨오는 보드라운
바람의 향기는 자연이 주는
생명의 시원한 바람이구려

그리움과 사랑 그리고 행복
가을 속으로의 꿈같은 여정
자연의 감미로운 풍광으로
기차 안에서 너를 바라본다

언제나 따뜻하게 맞이하니
서로에게 푸근한 마음 주고
아름다운 자연의 풍경소리
함께 동행하는 길은 즐겁네

밤길 걸으면

살면서 화를 다스리지 못하여
간간이 밤길을 홀로 걷다 보면
시원한 밤공기로 화가 풀린다

밤길을 나 홀로 걸어가다 보면
불빛만이 가슴으로 다가오니
생각이 단순해지고 편해진다

버리지도 못하고 풀지 못하는
마음의 응어리들이 가슴팍에
가득 차 있으면 삶은 고통이다

밤길을 걷다가 힘들면 쉬하고
배고프면 허기진 배를 채우고
또다시 무작정 길을 걸어간다

친구들과 함께 떠나는 여행도
좋지만 혼자만이 가는 여행길은
나만의 시간을 즐길 수가 있다

3. 공감의 멋

독도에 첫발을

경북도민으로서 씨플라오호 승선
1층 일반석 D2 맨 앞쪽 뱃머리에
앉아 바이킹을 한동안 탄다는 기분
파도의 울렁거림과 너울성 파도에
바다로 에워싸인 독도로 달려간다

울릉도에서 동남쪽으로 뱃길 따라
200리(87.4km)에 위치한 동도와
서도를 비롯한 89개 작은 화산섬
이루어진 대한민국 최동쪽의 영토
가장 먼저 해가 뜨는 우리 땅이다

독도 근접 30분전에 '홀로 아리랑'
'독도는 우리땅', '아리랑' 노래들이
울려오면서 독도땅을 밟는 기대와
흥분으로 배안의 분위기 무르익고
군인들이 거수경례로 환영을 한다

독도에 발을 디디는 순간 우렁찬
환성을 지르고 태극기를 흔들며
인증 샷으로 사방팔방 흔적 남겨
독도에 대한 조국애를 느끼면서
독도 탐방의 피날레를 남겨 본다

삶의 향기 찾아

봄은 무에서 유를 창조해 가는
아름다운 자연을 만들어간다

새 생명을 창조하는 새싹들로
빈 공터에 풍경화를 그려 준다

꽃이 피는 앙상한 나뭇가지들
희망과 축복의 샘물이 흐른다

오늘도 만남과 관계를 맺으며
삶의 향기에 보람을 찾아준다

물길 흐르는 곳은 생기가 돌고
움직이는 동선에 희망이 있다

꽃피고 새가 우는 자연 속에서
향기 나는 차 한 잔에 행복하다

3. 공감의 멋

에스프레소 화법

강물은 바람에 의해서 방향의
흐름을 바로 바꾸지는 않듯이
큰 장애를 만나면 돌아 흐른다

빗물만 고여도 제 모습 그대로
투영되듯이 물 위를 걸어가면
나를 닮은 벗이 또다시 생긴다

행복 원한다면 의지하지 말고
받아들이는 긍정의 삶을 찾아
환경에 스며드는 융합 삶이다

하루하루는 고단한 삶이라도
달콤한 마키아토 한잔 마시며
세상의 고단함을 지우고 싶다

＊ 에스프레소 화법 : yes, please 겸손한 대화로 상대말 유도하는 긍정
의 화법으로 관계를 맺어감
＊ 라떼 화법 : "나 때는 말이야" 자기중심적 화법, 자기 자랑 화법 권위
적인 꼰대 화법으로 대화함

하늘과 바다

초록의 싱그러운 잎새들은
갈색으로 채색되어 갑니다

하늘은 청명하게 높아가고
구름 한 점 없는 바다랍니다

파랗게 펼쳐진 넓은 바다는
해맑은 하늘을 품었습니다

만남에서 인연으로 맺어진
바다와 하늘은 한 몸입니다

바다에서 불어오는 바람은
하늘의 구름 만들어 갑니다

하늘에서 내린 바다 물결은
그대의 고운 마음이랍니다

빗물에 젖은 들판

떨어지는 장대비를 흠뻑 맞으면서
중심을 잃은 푸른 물결로 춤을 추고
천둥소리에 번쩍이는 번개 불빛은
하늘을 가르고 빗물로 쏟아 내린다

잔뜩 화가 난 하늘은 어느덧 슬픈
눈물로 아픈 울분을 흐르게 하고
빗물에 젖은 들판을 걸어가는 마음
삶의 고통을 초목에 걸어 두고 싶다

홍조 띤 고추잠자리가 껌뻑이면서
눈알 돌려 윙크하고 구애를 청하니
빗소리 듣고 나 홀로 걸어가는 길에
바람은 살갑게 내게 살짝 안겨 온다

제목 : 빗물에 젖은 들판
시낭송 : 박영애
스마트폰으로 QR 코드를 스캔하면
시낭송을 감상할 수 있습니다

사랑의 반짇고리

서늘한 날씨에도 뜨거운 태양에
오곡백과들은 토실토실 영글어
고개 숙인 겸손한 그대 같습니다

하늘은 파랗게 물들어 일렁이고
뭉게구름 몽실몽실 구름 꽃으로
창공을 날아가는 당신 같습니다

해가 기울면 사방에서 귀뚜라미
귀뚤귀뚤 소야곡으로 님을 찾아
사랑의 보금자리 그리워합니다

풀벌레들의 멜로디는 정겹도록
사랑의 표현을 마음껏 표출하여
심오한 당신의 마음 훔쳐 옵니다

가을이 성큼 다가온 풀벌레 소리
서로의 가슴에 사랑의 반짇고리
거미줄처럼 얽히고설켜 옵니다

* 반짇고리 : 바늘, 실, 골무, 가위, 자, 헝겊 따위의 바느질 도구를 담는 그릇

3. 공감의 멋

사랑의 세레나데

꿈인들 생시인들 스치는 사랑
달밤에 피어나는 그리움으로
새록새록 꽃향기로 대신해요

잊지 못하는 인연의 그림자로
긴 밤을 지새우는 고달픈 삶도
애절한 사랑 앞에는 부질없어요

무더운 햇살에 익어가는 과일
싱그러운 나무들의 광합성에
사랑의 세레나데가 울리지요

지난 세월 추억 속에 잊혀 가는
귀뚜라미 슬피 우는 가을밤은
처량하고 서글픔만 찾아와요

사랑은 마음을 빼앗을 뿐이지
베풂의 마음씨에서 찾아오는
둘의 마음을 나눔 하며 와요

* 세레나데 : 밤에 연인의 집 창가에서 부르거나 연주하던 밤의 소야곡

비둘기 열차 타고

무궁화 열차에서 보이는 전경은
현미경 세상이고 KTX 열차에서
보이는 전경은 망원경 세상이라

직접 보는 경치가 아름답지만
눈앞의 경치보다는 직접 가꾸는
사랑 담은 정원이 더 아름답구려

들판의 싱그러운 경치를 보면서
빠르게 달리는 기차보다 느리게
가는 비둘기 열차가 그립습니다

고속도로를 달려가는 경치보다는
걸어가면서 직접 보는 운치가
가슴에 어느 곳 깊이 새겨집니다

한참을 달려가면 수많은 역들과
마을을 만나고 산과 들판을 지나
당신을 만나는 길은 설렘이 옵니다

싱그럽고 새로운 세상으로 떠나는
여행길은 설렘과 기대에 부푼 꿈
가슴에 듬뿍 담아 달려가렵니다

3. 공감의 멋

녹턴에 취해

잔잔한 바다의 푸른 물결에
바다에 내린 산수화를 찍어
한 폭의 그림으로 채색하고

바다를 접했던 여운을 담아
물속으로 파고드는 물고기
유연하게 물길을 그려간다

파도 소리를 운율 삼아 보낸
하룻밤은 간만에 듣는 녹턴
밤의 소야곡에 노을이 지고

밤이 주는 특별한 시향으로
평화롭고 감성적인 풍요 속
고요 속에서 적막감 흐른다

기후 따라 시시각각 채색된
자연의 극치에 아름다움이
풍경화로 만끽하게 해준다

* 녹턴 : 야상곡(夜想曲)으로 주로 밤에서 영감 얻고 야경의 느낌을 띄는 악곡의 장르

젊음과 늙음

희망을 가지고 사는 사람은
젊음을 유지하고 있음이요

믿음에서 우리는 젊어지고
의심에서 함께 늙어갑니다

자신감에서 함께 젊어지고
두려움은 서로가 늙어가요

긍정의 생각은 젊어지고
부정의 생각 늙어갑니다

배려에서 즐거움 찾아오고
질투에서 우리는 늙어가요

비우고 낮추면 젊음이 오고
욕심은 육신을 늙게 합니다

제목 : 젊음과 늙음
시낭송 : 박영애
스마트폰으로 QR 코드를 스캔하면
시낭송을 감상할 수 있습니다

3. 공감의 멋

낙조는 아름다워

고운 빛깔 촘촘히 수놓으니
비단 물빛 저리도 어여쁘니
가는 길도 잠시 멈추었노라

살짝 반짝 떨어지는 낙조는
매듭 이은 인연으로 묶으니
다정다감 우정이 반짝이네

저녁노을에 비친 물결 파도
섬세하게 엮어 이어 나가는
관계 속의 빛 고운 횃불이라

눈부신 햇살은 물 위로 내려
포근히 내려앉아 주더니만
물 고운 빛깔로 이불 되었네

제목 : 낙조는 아름다워
시낭송 : 박영애
스마트폰으로 QR 코드를 스캔하면
시낭송을 감상할 수 있습니다

56

설익은 시를 다듬고

새벽의 조용한 침묵이 흐르고
달님은 나를 지켜보고 있으니
숨죽인 선잠을 살짝 깨워준다

아침에 덜 깬 눈꺼풀 비비면서
부시시 손을 뻗어 휴대폰 잡아
퇴고의 글을 사부작 수정한다

미완성의 설익은 시를 다듬어
맞춤법으로 수정 받아 또다시
정리하고 다듬는 퇴고를 반복한다

스토리에 올릴 사진을 찾아서
하루의 시작을 카스에 올리며
출근 준비의 시작을 알려준다

일상의 일부분을 시를 지으며
하루의 일과를 짜면서 글 쓰고
설렘의 출근은 소확행이구나

 제목 : 설익은 시를 다듬고
시낭송 : 박영애
스마트폰으로 QR 코드를 스캔하면
시낭송을 감상할 수 있습니다

3. 공감의 멋

노을 진 바다에서

밀물에 쓸려오는 바닷물은
손발을 적셔 주는 그대 마음
차갑게 느끼나 포근함 줘요

무릎까지 차오르는 물결에
출렁이는 파동은 심장까지
울렁이며 가슴팍 스며드네

갈매기들의 부드러운 유영
파도치는 너울 따라 춤추고
사랑 찾는 노래 불러 주네

그리움 오는 노을 품어가는
먼바다 쓸려가는 물결 따라
반짝이는 금빛 물결 빛나요

깜박이는 등대의 불빛 아래
찾아오는 만선의 기쁨으로
사랑의 그림자 가득하네요

제목 : 노을 진 바다에서
시낭송 : 박영애
스마트폰으로 QR 코드를 스캔하면
시낭송을 감상할 수 있습니다

행복의 여울목

언제부터 뜨거운 여름이 좋고
뜨거운 탕들이 온몸을 달구니
속을 데워주는 따뜻함이 좋다

한낮의 폭염을 벗 삼아 다녀도
나무 그늘 아래를 지나다 보면
왠지 육신이 시원함을 느낀다

뜨거운 날씨를 마주한 당신은
나보다도 더 무더위를 즐기니
누가 그 열정을 맞추어 갈까요

심드렁한 인생도 풀어 놓으니
이유가 없는 거절은 없다 하여
행복과 불행도 마음에 있지요

하루의 소소한 일들 쓰담으며
마음 터놓고 얘기할 벗과 만나
팥빙수에 냉커피를 마실래요

3. 공감의 멋

4. 위로의 맛

〈사랑의 약속(연인)〉

좋은 인연

인연으로 맺어진 사람의 관계 속에서
전기가 흐르듯 큰 기운이 흐른답니다

인위적으로 만들어지는 것이 아니라
운명적 만남에서 저절로 찾아옵니다

만남과 헤어짐은 인연으로 찾아오듯
행운과 불행은 우연적이지 않습니다

내 육신에 심어둔 지덕체는 한평생을
배우면서 봉사하고 몸 관리 하랍니다

코로나에 만나지는 못하여도 마음은
더 가까이에서 자주 연락해야 합니다

인연은 떠오르는 태양같이 영원하며
달빛에 어둠을 밝히는 등불 같습니다

4. 위로의 맛

여백의 삶

숨가쁜 일상의 자투리 시간은
틈틈이 시간을 쪼개어 만나는
친구가 가까이 있으면 좋겠다

반평생 쉼 없이 성실히 살면서
건강한 육신을 다듬고 지키며
온전한 시간을 제대로 찾는다

망중한 일상의 휴식을 찾으며
나에게 주어진 시간을 즐기는
여백의 순간들 알차게 보낸다

바쁘게 살아온 세월의 이력서
커피 향 마셨던 산자락 카페는
그대와 함께한 흔적들 보인다

석양에 저무는 노을은 빛나고
혼신의 힘으로 불태운 정열은
중년의 가슴을 뜨겁게 달랜다

인연에 정이 들고

흐르는 물도 그냥 만남이 아니라
서로의 연이 닿아 만남이 되듯이
자연의 생태계로 살고 싶습니다

떠나가는 인연 잡으려 하지 말고
떠날 사람은 언제라도 떠나가니
바람에 구름 떠나듯 보내렵니다

아름다운 외모보다는 마음에서
따뜻한 정겨움이 깊어져 가듯이
중년이 되어서야 눈에 보입니다

서러운 마음도 시간이 지나가니
당시의 상황이 보이고 이해되어
서운한 마음도 금방 잊혀집니다

가을 하늘 아래 그대와 동행 길은
생각과 마음을 달리 섞어 가면서
물과 바람처럼 함께 살아갑니다

4. 위로의 맛

기차여행

답답한 가슴을 강산에 터놓으려
무작정 준비 없이 기차를 탑니다

응어리 가슴을 녹여주는 온기는
내 가슴으로 살며시 스며듭니다

추락한 마음은 낙엽으로 벗 삼아
따스한 햇살에 안기고 싶습니다

드넓은 들판을 가로질러 흐르는
낙동강 하구 주변은 조용합니다

황금 들판을 가득 채운 낙동 평야
찐득한 낙동미 밥에 향기 납니다

중년의 마음을 위로하는 여행은
그대 없는 빈자리가 아쉽습니다

물처럼 바람처럼

낮은 곳으로 흘러 내려가듯이
강물처럼 유유자적 흘러가고
바다처럼 드넓은 마음심으로
살아가는 멋진 인생이랍니다

강직한 마음은 자기를 지켜
깊게 뿌리내려 흔들림 없이
사시사철 푸른 소나무처럼
변함없는 한결같은 맘입니다

꿈은 오늘이 아니라 다가오는
미래의 멋진 삶을 살고 싶은
아름다운 그림을 그려가면서
즐거운 만찬을 함께하렵니다

현재보다 더 멋진 삶을 살고파
건강한 신체와 정신을 다지며
맑은 공기를 마시고 걸어가는
나그네 인생 자연을 즐깁니다

4. 위로의 맛

길벗 친구

강물에 고이 내려온 달빛 그림자
휘영청 둥근달은 아름답기도 하고
미세먼지에 흐릿한 달빛 함께하며
운동하는 길에 벗이 되어주는구려

코로나19에 외로워하는 내 마음에
횃불처럼 희망의 달빛이 되어 주고
달빛 속에 토끼 두 마리는 여전히도
떡방아 찧으며 나를 기다리고 있네

고독하게 홀로 걸어가는 외로운 길
즐겁고 행복을 주는 달빛 그림자
낮에 핀 봄꽃에 기쁨으로 맘 달래고
밤에 떠오른 달빛에 위로받고 가네

그리운 당신

때로는 힘들고 슬프고 외롭고
아프더라도 그것을 행복으로
이어가는 과정이었으면 해요

서로 사랑하고 좋아하였건만
편들어주고 그러다 미워하고
싸우고 화내던 당신이었지요

마음을 접고 접어 꽃 한 송이
사랑을 품고 품어 향기 한 줌
가슴에 담아 당신에게 보내요

꽃처럼 살포시 피어 미소 짓는
그대의 웃음으로 마주해보니
세상은 온통 향기로 물들어가요

시냇물로 유유히 흘러내리고
꽃향기 품은 강물로 모여드니
내 마음도 그대 꽃으로 피어요

4. 위로의 맛

참살이

묵묵히 흐르는 강물 같은 세월
홍수에 정화되듯 삶도 변화고
계절에 익어가는 인생의 주름
인고의 여정에 즐거움 찾는다

인생을 알고 삶을 느낄만하면
육신의 나약함이 찾아들 나이
보람에 삶의 재미를 찾으려니
가슴에는 설렘도 오지 않는다

하늘을 떠가는 한 조각 구름도
불어오는 바람에 사라져 가는
즐거움도 잠시 머물고 떠나며
슬픔이 빈자리를 채워 나간다

흘러만 가는 강물 같은 세월에
인생의 희로애락에 젖어 들며
즐거운 삶보다 슬픔으로 채운
가슴앓이로써 참살이 느낀다

* 참살이 : 공해와 해로움 등을 멀리하고,
　　　　　 몸과 마음을 보다 건강하게
　　　　　 가꾸는 일이라는 뜻

제목 : 참살이
시낭송 : 박영애
스마트폰으로 QR 코드를 스캔하면
시낭송을 감상할 수 있습니다

비를 기다리는 마음

기찻길 지나가는 간이역에
잠시 쉼 하는 주막집 들러서
파전 한 접시에 막걸리 한잔
배고픈 빈속 행복 채워주고

사랑하는 임이 그리울수록
들판의 꽃비가 떨어지듯이
연초록 잎사귀 빗물에 씻겨
물기 흐르는 잎새 생기 돌고

내 사랑의 추억은 끝났지만
무지개 거울에 비친 그리움
비 내리는 우산속 걸어가면
가끔 가슴에 맺혀 스쳐가네

가슴을 울려주는 세월의 한
시절 인연에 담아둔 중년은
바람에 스치고 빗물에 씻겨
잎새 타고 내리는 빗소리에

흥건히 흘러가는 빗물 생각
애타게 기다리는 농부 심정
메말라 가는 초목들의 모습
언제 내려줄지 가슴이 타네

4. 위로의 맛

인생의 곡선을 그리며

인생은 선택의 연속함수로
인생은 이차함수의 삶이고
삶의 길을 걷다 보면 때론
잘못된 선택을 하기도 한다

0보다 작은 선택에 의해
구부러진 인생은 감소하고
그들이 품게 되는 최솟값은
인생을 더 감소할 순 없다

인생의 전환점인 꼭짓점을
박차고 올라가는 변곡점은
내 안의 나를 깨워 주듯이
삶의 증가함수로 표현된다

미움이 그리움 되어

그리움의 골이 길어져 갈수록
또 다른 그리움이 반복되듯이
아픈 사랑도 세월에 숙성되어
그리움으로 또다시 찾아드네

미움인지 그리움인지 어딘지
기약 없이 당신을 떠나보내고
하늘에 먹구름이 흘러가듯이
아직도 답을 찾지 못하고 있네

사랑의 뿌리는 어둠에 갇히니
땅속에 묻어 새싹이 새로 트고
새로운 세상에 새로운 삶으로
행복한 곳에서 즐겁게 지내네

담쟁이 오름

푸른 꿈 품을 수야 있을런지
담벼락 기어가는 님의 모습
온몸으로 푸르게 덮으련다

청춘의 희망 품어보려는가
기어오르는 너의 갈 길 트고
의지하며 오르고 오르련다

힘에 겨워 지치고 힘들어도
유연한 줄기로 뻗어 가면은
서로를 감싸 안으며 오른다

푸른 잎새로 그대의 아픔을
덤불로 엮으며 오르고 올라
담 넘어 님의 사랑 품어 본다

그린나래

흙이랑 긴 시간 채소를 심으려고
맑고 깨끗한 도랑가 개울물 떠서
포기마다 듬뿍 물을 뿌려주거늘

그린나래로 슬프도록 아름다운
온새미로 꽃가람 길을 걸으면서
옹달샘 흐르는 숲속을 누빈다

현실의 무게에 고달픈 몸과 마음
깊은 산중의 산장에서 치유하고
자연의 아름다운 색채를 담는다

삶에서 공감하고 지친 일상들을
위로할 수 있는 시간을 보내면서
넓은 하늘 비상하는 날개를 편다

* 그린나래: 그린 듯이 아름다운 날개
* 온새미로: 가르거나 쪼개지 않고 생긴 그대로 즉, 자연 그대로
* 꽃가람: 꽃이 있는 강

4. 위로의 맛

찔레꽃의 아픔

산기슭 물가 한쪽의 꽃 무리는
바람도 잠자는 뜨거운 햇살에
향긋한 꿀 향기는 유혹의 손길
가슴에 물결이 일렁이던 그날

찔레꽃 한 소쿠리 따서 달려가
그녀에게 던져주고 오던 날은
날씨의 짓궂은 질투와 시기심
소낙비로 온몸이 폭삭 젖으니

애달픈 그리움의 마음 한켠에
녹아내리던 아련한 그대 생각
가시에 찔려 붉은 피를 보아도
아프지 않았던 그때 그 시절은

꽃다운 지난 세월이 그리움에
찔레꽃 한 움큼 따서 향기 맞고
꽃다운 사랑 가슴에 묻어가며
때늦은 이별의 아픔 잊으려네

웃음과 미소로

뜨거운 햇살이 베란다로 접근
하루의 열기를 짐작할 정도로
가벼운 옷차림으로 갈아입고

창문을 열어 바람 맞이하니
포근한 햇살이 가슴으로 안겨
마음을 활짝 열어 산소 마신다

아침에는 따뜻한 웃음 나누고
낮에는 뜨거운 열정으로 일하며
저녁은 편한 마음으로 보내니

온종일 즐기며 일하는 일상은
하루를 싱싱한 메뉴로 차리고
꿈과 희망이 있는 지금이 좋다

기분 좋은 웃음과 미소로 만나
일터를 밝게 비추는 햇살처럼
웃는 얼굴은 행운이 달려오고

미소는 일터를 꽃밭처럼 꾸며
꽃다운 분위기에 기쁨 넘치고
향기 나는 마음 하루가 즐겁다

4. 위로의 맛

초록의 물결

화창한 하늘 바다처럼 보이고
바닷물 옥빛 에메랄드 같으니
출렁이는 꽃숭어리 향기 나네

초록 물결로 에워싼 숲속 터널
뜨거운 산행길 오아시스 만나
그대 마음처럼 평온해져 가네

꽃주머니에 꿀단지 품어가듯
아카시아 꿀물 한 사발 마시니
향긋한 내음 입안 가득 채우네

신록의 계절 마음은 젊었지만
이마에 맺힌 땀방울 주름 타고
흐르는 계곡물의 심천수 같네

힘차게 날아가는 까투리의 화려함
가슴 조아리는 장끼의 날갯짓으로
초록의 물결 위 힘차게 날으네

* 장끼 : 꿩의 숫놈
* 까투리 : 꿩의 암놈

76

사랑의 깊이는

그리워하기에는 마음이 아파
밤잠을 설칠 때가 간혹 있어도
시원한 바람을 타고 떠납니다

얕은 강물에 발을 담가 보듯이
사랑의 깊이도 알면 좋으련만
깊은 물속의 그 마음 모릅니다

그대의 속마음을 알 수 없으니
야생화처럼 그저 바라만 보고
감정을 삼키며 추스려 봅니다

그대의 진심 담긴 사랑 메시지
알 듯 모를 듯 그저 수수께끼를
풀어 보듯이 그냥 풀어 봅니다

강물이 마르면 깊이는 알지만
그 깊이를 모르고 있었을 때가
오히려 사랑이 더 깊어집니다

한여름 밤에 피는 능소화처럼
우리만의 추억 담긴 그곳으로
떠나는 그날을 그려 보렵니다

4. 위로의 맛

마음 달래기

1. 봄에 피는 꽃

〈꽃들에 합창〉

봄의 서정

쌀쌀하고 흐린 날씨에 찾아든 그리움
따뜻한 햇살이 그리웠던 하루였지만
새하얀 연분홍 꽃 곱게 피운 고목들로
활짝 핀 벚꽃들은 내 마음을 유혹한다

꽃송이 치켜세운 만개한 꽃송이가
탐스러운 자태 봄의 서정을 말해주듯
겨우내 깊은 뿌리내려주며 피운 꽃들
풍성한 꽃송이로 봄의 향연 만끽한다

오색 불태운 봄꽃들의 아우성도 잠시
화무십일홍이라 꽃비로 내리는 벚꽃
오롯이 나만의 시간 속에 빠져드는 길
화사한 봄 향기 따라 사색에 잠겨 본다

* 화무십일홍 : 아무리 탐스럽고 붉은 꽃이라도 여흘 넘게 피는 꽃은 없다는 뜻

호수와 연애

여유로운 시간을 물길 따라 걸으며
호수와 잠시 데이트 시간을 가지며
출렁이는 강둑 길 수양버들과 함께
빛 고운 햇살 따라 시간을 낚시한다

청둥오리와 동행을 하니 무료했던
시간이 희석되고 호수와 연애하며
가녀린 나뭇가지에 물오른 푸른 잎
봄바람에 살랑이며 나를 유혹한다

산 넘어 그리움은 어느새 호수에서
나그네의 마음을 사로잡으려 하고
바람은 하염없이 나무를 흔들면서
가는 길을 반가이 맞아 주어 기쁘네

1. 봄에 피는 꽃

여우비에 떨어진 꽃잎

부드럽게 내리던 봄비에 젖은 꽃잎
돌개바람 타고 여우비에 떨어지고
꽃잎들은 빗물 타고 초라하게 흘러
어디론가 배신당한 꼴로 사라진다

꽃잎 떠난 빈자리에 초록의 잎으로
채울 때까지는 아픈 상처로 남으며
뜨겁게 불타오르던 그때의 그 시절
꽃잎은 사라져도 향기는 남아 있다

사소한 일들에 상처 입은 내 마음은
떨어진 꽃잎에 비할 바가 안되겠지만
푸른 잎으로 나무를 감싸 안아 주듯
포근한 그대 말 한마디에 녹아든다

* 여우비 : 맑은 날에 잠시 내리는 비

달빛 동행

물오른 봄의 향기 가득한 산천
초록의 물결로 생기가 넘치고
아름다운 강산에 마음을 두어
힘차게 봄 길을 함께 걸어간다

달빛 속에 비친 그대의 모습이
미소 지은 화안이 아름답구만
밤하늘에 핀 한 아름 꽃 무리는
향기는 없어도 친근감을 주네

밤길 운동하는 길 따라 수은등
밝게 비춰 주고 달빛 동행하니
인적 드문 강물에 고이 내려와
나홀로 걷는 길을 함께 하네요

1. 봄에 피는 꽃

호수에 숨은 복사꽃

복사꽃으로 물든 호수에는
사랑의 모습이 아름다워라

물속에 스며든 여인의 마음
벌써 한 몸으로 물들었구려

뜨거운 욕망에 불타올랐던
그 모습 그대로가 좋으련만

이미 차가운 물속에 빠져든
님의 마음을 어찌 모르겠냐

두둥실 힘겨워라. 떠나는 길
무겁지만 꽃길로 환영받으니

화창한 날씨에 복사꽃 미소
사랑에 넘친 행복길 걸으네

그대 향한 사랑

따스한 햇살로 오는 꽃향기 좋아서
무작정 떠나는 금호강 길 걸으니
그리움을 손짓하는 풀과 나무들은
괜한 가슴에 설레임만 주는구려

아름다운 몸짓으로 기쁨을 주시니
그대 향한 사랑은 어떻게 표현할지
봄바람에 휘날리는 꽃잎이 좋아서
들판의 꽃길을 그대와 걸어가요

꽃망울 터뜨리고 구애를 하였지만
정작 그대 마음을 알지 못하였지만
진달래꽃 지고 철쭉마저 떨어지면
비로소 님 고우신 그 마음 알겠지

1. 봄에 피는 꽃

메아리 인생

사랑할수록 행복이 넘치며
사랑만큼 아픔도 함께하니
돌아서면 미움만 남을 테고
미움 속에 그리움만 찾아 오네

비바람 지나간 뒷자리에는
맑은 하늘 고요히 평화롭고
꽃샘추위 찬바람에 움추리니
포근한 봄 기온 기지개 켜네

온몸 던져 한세상 봉사해도
아직은 메아리 인생뿐이고
척박한 땅에 피는 꽃향기는
찐하기도 하고 더 아름답네

총성 없는 미래 전쟁 모습은
바이러스에 의해 경험하고
공포의 현실이 앞을 가리며
하루살이 인생을 살아가네

연둣빛 새싹 꽃

둘레길 따라 다홍치마 예쁘게 차려입고
새색시 양지바른 언덕 살포시 내려앉아
하늘 아래 춤추는 너의 모습 어여쁘네

연둣빛 보드라운 가지마다 여리디여린
초록의 새싹들 철 따라 꽃피우고 떨어진
빈자리에 둥지 틀고 한 몸 되어 품어 주네

연초록의 싱그러운 봄기운 채워 가면서
물오른 줄기마다 사랑으로 잉태한 새싹
한잎 두잎 오손도손 가지에 가득 채우네

윤기나는 잎사귀들 햇살 받아 반짝이면
꽃처럼 아름답고 포근하게 와닿는 느낌
내 마음을 위로해 주듯 살포시 다가오네

능수버들 가지에도 연둣빛 새싹이 트고
윤슬로 호수에 내려온 햇살은 출렁이는
물결 따라 색상은 아름답게 물들어가네

1. 봄에 피는 꽃

산능성이에서

꽃나무를 품고 날아오르는 바람인 듯
향기가 내 마음을 행복하게 해주었고
내 영혼을 감싸주는 훈풍에 빠져들어
평온한 휴식으로 마음이 치유된다

매끄러운 바위 위로 얇게 퍼지는 물밑
햇살을 비추어 눈을 뜨기 힘들 정도니
산허리 감싸는 둘레길에서 잠시나마
즐겁고 전망 좋은 산능성에서 쉼 한다

꽃가루는 봄의 불청객이면서 암술에
유전정보 전달하는 사랑의 전령이며
다른 꽃 주변에 자리 잡은 꽃가루가
솜사탕처럼 달달한 사랑을 예고한다

자두 열매 솎아내기

창문 틈새로 들어오는 달콤한 향기가
힘든 하루를 예측하듯 새벽을 달래며
휴일의 새벽은 운동하자는 톡 소리에
만남과 운동의 즐거움 예고된 날이다

하지만 오늘만은 전혀 다른 스케줄에
이른 새벽 고향으로 불호령 호출이다

자두 열매 솎아낸다는 어른의 부름에
새벽 공기 마시며 무작정 밭으로 가니
계곡 자두밭에서 반기는 부모의 미소
큰 일꾼 만난 듯 기쁨에 즐거워하신다

가지마다 주렁주렁 매달린 자두 형제
푸른 잎 속에 숨어 내 눈 피하는 모습
그중에 한 놈만 남기고 잘라내야 하니
인연이 악연인 순간을 어찌 탓하리오

제목 : 자두 열매 솎아내기
시낭송 : 박영애
스마트폰으로 QR 코드를 스캔하면
시낭송을 감상할 수 있습니다

1. 봄에 피는 꽃

달빛 친구

불빛 아래 강길 따라 잔잔한 바람 불으니
운동길은 시원한 밤길 손님들 비켜 가고
보드레한 에메랄드 얇게 흐르는 실개천
물길 따라 흐르는 달빛 친구 발길 가볍네

빛과 바람이 어우러지는 호수에 내려준
신비스러운 아우라 만나 체험하게 되고
달무리로 둘러싼 보름달은 그리움 되어
훤히 비추는 화안의 미소는 꽃을 피운다

아름다운 것을 보고 사랑하는 감정에는
심장에서 발산하는 자기장은 빛이 나고
당신에게 받은 기쁨은 내게 행복감 주고
그것이 진정 아름다운 삶을 던져 주었네

* 아우라: 유일하고도 아주 먼 것이 아주 가까운 것으로 나타날 수 있는
일회성의 한 번뿐인 일시적인 현상

인생무상

힘없는 노모의 나약한 모습 보니
늙으면 오감을 포기해야 하는지
천사 같은 마음은 어디로 떠나고
감정도 제대로 표현을 못 하시네

누구나 고통과 좌절을 겪으면서
운명의 한계를 겪으며 떠나지만
한 세상을 사랑으로 행복했다면
이별의 아픔과 슬픔은 덜하겠지

자식 키우다가 한평생 허무하게
여기까지 와버린 잃어버린 시간
남은 시간이라도 행복 이삭 주워
정겹게 살며 삶을 정리하며 가네

1. 봄에 피는 꽃

그리움은 행복

기억은 잠시 사라져 없을지라도
사랑은 영원히 사라지지 않듯이
밀려오는 그리움에 잠을 놓치고
늦은 밤 아픈 가슴을 쓰다듬어요

밤 깊은 시골의 한적한 달빛 아래
하나둘 모여든 별들을 세어 보고
한여름 밤에 불어오는 계곡 바람
시원한 목물하고 잠을 청해봐요

그리움은 행복했던 지난 시절에
사랑의 농도를 체크하기 좋은 듯
행복은 흐르는 물처럼 내 피부를
바람결에 감싸주는 느낌을 줘요

사랑을 만나러 길을 나서다

산자락의 깊은 호수에 비친 하늘은
산 계곡 아래로 푸른 초원 가로질러
산들바람에 시원한 산 내음 마시며
초록 풀잎 사이에 야생초 어여쁘네

산 다람쥐 돌길 사이로 오르내리며
숨겨둔 도토리 찾느라 분주하니
사랑을 만나러 산행을 나서보니
반기는 벗들 여기저기서 찾으네

나 홀로 밤낮을 우두커니 서 있으니
나름은 외롭고 힘이 들어서 그런지
서로의 마음을 의지하고 달래주어
새들은 속마음 알고 노래로 반기네

* 복계산 : 철원의 최북단 산

Ⅰ. 봄에 피는 꽃

자란에 반한 야생초

멀리서 보면 평범하게 보이는 꽃이
가까이서 보면 곱상하게 보이듯이
어여쁜 꽃잎은 향기를 내지 않지만
예쁘면서 향내가 고상하게 나네요

서로 잊지 않는 꽃으로 기억되면서
선연한 아름다움에 빛나는 꽃이라
홍자색을 띠는 홍란으로 보일 듯이
화사한 미소에 수줍음이 더 하네요

옥소선기생 사랑한 님의 과거 급제
간절한 마음 자란꽃으로 피워 주고
꽃 채운 그리운 꽃길 향기를 맡으며
기다림의 행복 되새기며 걸어요

* 옥소선기생 : 조선시대의 대표적인 기녀인 자란이란 이름의 예명으
로 사랑하는 낭군을 과거급제 시켜서 천민에서 평민으로 만들었던 기생
* 꽃채운 : 꽃으로 가득 채워진 우리말

가시 꽃의 사랑

자기방어를 가시로 울타리 친 나무도
사랑을 하고 싶은 마음은 마찬가진 듯
보호 본능으로 가려진 그대 속마음을
어찌 가시 꽃도 모를 수가 있겠나요

향기 가득한 가시 꽃들의 애타는 마음
벌과 나비들은 가시를 무서워하지만
향기로 유혹하는 먹이 사슬에 잡히는
곤충들을 주변에서 허다하게 보네요

지나친 베풂에는 보약 되기보다는
독약이 되는 유혹에 쉽게 빠져갈 듯
아름다운 꽃들은 좋은 열매 얻기 위한
종족 보존에 자연의 생태계 따르지요

1. 봄에 피는 꽃

자연은 마음의 휴식처

삶은 책을 통해서 간접경험과
일상을 통해 직접 체험하면서
세월 속에 영글고 성숙하듯이

잡초는 제 홀로 잘도 자라지만
과일은 정성에 품질이 다르고
사람은 교양에 품성이 달라요

칡넝쿨은 줄기에 뿌리내려서
굳세게 자라 초목을 감싸 안고
정을 주고받으며 살아가듯이

홀로 배우면 지식은 습득하나
더불어 살아가는 방법 나약해
사회생활에 불편을 느끼지요

자연은 숨길 열어주고 쉼 하며
공감과 위로해 주는 휴식처로
부모님의 따뜻한 사랑 같아요

2. 여름에 피는 꽃

〈너와 함께〉

마음의 정원

그대의 부드러운 손길에서 보살핌을
받는 화초들의 행복한 하모니 소리
베란다에 다소곳이 자라나는 식물들
바라만 보아도 가슴 따뜻해지네요

정성 다하여 보듬어 주고 위로하는
사랑 가득한 마음의 전달이 온전하게
땅 깊은 뿌리도 알 듯한 그대의 정성
온기가 뿜어져 안방까지 스며드네요

사랑 가득하게 키워내는 소중한 식물
매일매일 즐거운 그대만의 정원에서
아름다운 빗소리에 담아 당신과 함께
향기 나는 소소한 기쁨 나누고 싶어요

빗소리에 담은 커피

소낙비가 요란하게 내리는 날이면
마음 터놓고 도란도란 이야기 나눌
소꿉친구를 만나러 떠나고 싶어요

한동안 연락 없어도 만나자고 하면
기쁘게 반겨주는 그런 멋진 친구와
비 오는 밤거리 함께 걷고 싶어요

향기로운 커피 향기 음미하면서
빗소리에 흘러나오는 음악 들으며
멀리 있는 님의 소리 듣고 싶어요

가슴 파고드는 쓸쓸한 마음 달래며
커피 한잔 나눌 사람을 그리워하며
소낙비에 온몸 적시며 걷고 싶어요

하늘에서 떨어지는 낙숫물 소리에
울적한 기분 달래는 노래 들으면서
커피 한잔에 허전한 마음 채워 가요

행복은 바람

행복은 잠시 스쳐 지나가는 바람이라
잡으려고 하면 할수록 잡히지 않으니
행복은 잠시만 느낄 수 있는 아우라
아지랑이처럼 맴돌다가 떠나가지요

자신의 마음속에 옹달샘으로 흐르고
사랑의 정도에 샘물은 온도차 있으니
가뭄에 메마르지 않는 것이 사랑이라
더움에 냉수로 추움에 온수로 오지요

행복은 내가 가진 부가 많아서 보다
헛된 욕심을 버리면서 찾아오듯이
마음을 비우고 자신을 사랑하면
행복은 바람처럼 왔다가 떠나지요

* 아우라 : 유일하고도 아주 먼 것이 아주 가까운 것으로 나타날 수 있는
일회성의 한 번뿐인 일시적인 현상

숲속의 하루

풀 향기가 나는 계절 나무 그늘 아래는
시원한 숲속 바람이 온몸으로 스미고
편안히 누워서 보이는 유리 하늘 천장
펄럭이는 나뭇잎 사이로 네가 보인다

이슬 구름 뭉쳐 흘러가는 뭉게구름은
뜨거운 햇살을 식혀줄 그늘 되어 주고
계곡에 묻혀 있는 바위 사이로 물길은
초목들 뿌리 만나 사랑을 주고 흐른다

정겹게 산을 에워싸고 있는 수목들은
제 빛깔 고운 색으로 하늘을 가려주고
내 마음의 그리움에 초록으로 물들여
향 내음 싱그러운 여름에 몸을 녹인다

2. 여름에 피는 꽃

참나리를 아시나요

해지는 저녁 햇살 어둠 속에
남천길 따라 운동하는 강가
물길 소리 들으며 누군가를
애틋하게 기다리는 참나리

가파른 돌 축대 저 아래에서
고향 잊은 철새들 물길 지나
고기 잡으러 머리 처박으니
붉은 참나리 재미있어하네

무지개 빛의 색동저고리에
예쁘게 차려입고 물가에서
고기 잡는 외기러기와 함께
그리운 님을 기다리는 모습

돌자갈에 부딪히는 물소리
찰랑찰랑 흘러가는 물길은
운동한 벗님들도 잠시 쉬며
그 마음을 같이 즐기는구려

소싯적 소몰이하는 산길의
계곡 언덕 아래 옹달샘 가에
바위틈 사이로 예쁘게 피는
참나리 꺾어 꽃병 만들었지

기다림에 꽃을 피우니

산 고갯길 걸어가는 길목에 칡 향내 맡으며
계곡 소리 들려오는 자연의 풍광에 빠지니
소소한 일상을 초목의 밑거름으로 만들어
산 내음에 향기차 마시며 내 마음 달래 보네

구름은 잡을 수 없고 저 건너 산능성의 운무
내 육신 깊숙이 스며들어 나를 감싸 안으니
하늘길 따라 자유로운 영혼 구름을 벗 삼아
쉼 하는 숲속의 그림자 저수지에 내려앉네

중년의 수목들은 울창한 수풀로 하늘 가려
뜨거운 태양은 어디 간데없고 시원해져 오니
세월에 묻혀 가는 허접한 풍경 속의 산새들은
적적한 중년의 마음을 달래는 노래 불러주네

기다림은 때때로 아름다운 꽃을 피워 주는데
그리운 그대 마음은 언제나 꽃을 피워줄지
뜨거운 햇살 아래에 시들어가는 꽃이라지만
뿌리 깊은 나무에 피는 꽃은 향기가 좋구나

2. 여름에 피는 꽃

꽃 중의 꽃

산중에 조용히 피어 있는 찔레꽃
새색시 면사포에 뽀얀 미소 짓고
신부 대기실에 천사처럼 앉아 있네

시원한 언덕 산자락에 임을 찾는
아름다운 그 자태는 순박하듯이
옹기종기 무리 지어 피어있구나

산중에 가장 순박하게 피어 있는
향기 없다고 하여도 향기 나듯이
가시에 보호되는 꽃 중의 꽃이다

가시 없는 양귀비와 금계국으로
들길을 어여쁘게 빈자리를 채워
행락객들의 사랑 듬뿍 받아 가듯

덩굴장미로 둘러싼 담장 울타리
오월 햇살에 붉게 붉게 피어올라
미소 짓고 있는 그 모습 어여쁘네

나르시시즘에 젖은 저 붉은 장미
자기도취에 푹 빠진 어여쁜 꽃은
비단 장미꽃뿐이라 할 수 있을지

* 나르시시즘 : 자기도취, 자기애

때죽나무꽃

눈 부신 햇살이 창가를 맴돌며
그윽한 향기는 콧등 간질이고
청명한 맑은 하늘은 바다 같고

자신을 드러내는 계절의 여왕
꽃의 계절로 화사하게 자태를
뽐내는 아름다움의 극치여라

호수 주변 둘레길에 접어드니
코끝을 어루만지는 우산 숲에
은은한 향기에 고개 들어보니

초록 잎사귀 사이로 조롱조롱
매달린 때죽나무꽃들의 방울
어여쁜 자태로 나를 유혹하네

겸손하게 작은 방울 달랑달랑
소리 없이 가는 길을 반겨주니
어여뻐라 그대 마음 함께하며

눈도 코도 행운을 맞은 듯하여
포장된 둘레길 따라 기분 좋게
반짝이는 물결에 가슴 설레이네

2. 여름에 피는 꽃

어여쁜 그대

배롱나무꽃이 피는 계절은
유난히 날씨가 매년 뜨겁고
비를 맞으며 피어 있는 꽃은
더 붉고 떨어진 꽃도 예쁘다

연꽃이랑 함께라서 더 곱고
배롱나무꽃에 더 마음 가니
뿌리부터 꽃잎까지 어여쁜
자태는 고까운 백일홍이라

살랑살랑 불어오는 바람에
그대의 아름다운 가슴으로
살포시 스며들어 향기 주고
따스한 마음은 아름다워라

바람에 실려와서 찾아드니
붉게 핀 뜨거운 꽃숭어리에
내 마음에도 온통 사랑으로
불타오르는 백일홍이여라

* 꽃숭어리 : 많은 꽃송이들 함께 모여 피어 매달린 꽃봉오리

106

산자락 품으며

출렁이는 바람에 몸을 적시고
가슴까지 차오르는 계곡 바람
속이 후련한 산자락 물길 따라

솜털 구름에 햇살 가리는 언덕
한가로이 날으는 수리부엉이
녹음이 짙은 산새가 멋있구려

짙어가는 푸른 숲길 내려보며
진한 초록빛 사랑 가슴에 담아
스치는 미풍에 잎새 흔들리고

바람결에 날아가는 마음 한켠
유유히 흐르는 강줄기 따라서
흘러가는 물결에 맘을 담는다

짙은 안갯속으로 숨어 버리는
널따란 평야를 가로질러 흐른
강길에 몸 맡겨 잠시 쉼 하련다

수련에 반해

유월의 뜨거운 햇살 받아
수련은 물 수(水)가 아닌
잠잘 수(睡)자를 쓰면서

낮에 피어 저녁에 오므려
들었다가 다시 꽃피우는
잠자는 연(蓮)이라 하네

불가마에 얼굴만 내밀며
온몸을 물구덩에 담그고
시원한 반신욕을 즐기듯

수련은 연꽃과 달리 잎이
모두 수면에 펼쳐진 뜬 잎
수면 위로 잎이 누워 있네

깨끗하여 청순한 마음
예쁜 수련꽃은 폭염에도
꽃피는 그대에게 반해요

기다리는 마음

하늘길 따라 날아가다 보면
발아래 구름은 솜털 같으니
푸른 산천초목 강산을 덥고
평온한 지상은 낙원 같구나

다래 덩굴 사이로 소쩍새는
구슬픈 노래로 구애를 하고
애절한 소리는 절름발이로
산울림의 신음 소리 들리네

숲속 잣나무 사이로 햇살이
비추어오고 향긋한 내음에
기분 나는 등산길 땀 흘리며
즐거움이 두 배로 다가온다

2. 여름에 피는 꽃

한 폭의 천장 구름

청명한 계곡물의 울림은 싱그러움을 더하고
청순한 꽃향기의 울림은 상쾌함을 더합니다

아침을 여는 동토의 마음에 햇살이 들어오고
산새의 울림은 싱그러움에 입맛이 좋습니다

여명이 내리는 아침에 동녘이 붉게 타 들어와
산허리의 붉은빛과 쪽빛 바다로 반짝입니다

하늘의 푸른빛 하얀 구름으로 한 폭의 수채화
하늘 천장에 오색으로 가슴을 설레게 합니다

시시각각 변하는 여명의 하늘빛에 내 마음이
두근두근 울렁이며 심장을 바쁘게 울립니다

아침을 달구는 여명은 변화무쌍한 아름다움
행복하다는 느낌을 하늘로 쏘아 올려봅니다

밤꽃 피는 계절

온종일 내린 빗물에 마음 심기
최상의 코스로 심신 단련하러
계곡의 숲 터널로 달려가면서
싱그러운 계절 만끽하러 가요

계곡 사이로 넘어온 산바람은
따뜻한 햇살이 등짝을 데우고
물웅덩이 폴짝 뛰어들고 싶어
개울가 송사리와 달리기해요

밤꽃들은 꿀 향기 날려 사랑을
고백하러 살포시 벌과 나비를
불러 꽃동산에 향기를 뿌리고
꿀꿀한 밤꽃 내음 마시며 가요

향긋하고 달보드레한 입맛은
카푸치노 한잔에 피로 풀면서
향기로 물들인 세상을 즐기고
밤꽃 피는 밤나무 아래 걸어요

* 달보드레한 : 달달하고 부드럽다는 뜻

2. 여름에 피는 꽃

비에 젖은 접시꽃

화창한 뙤약볕 아래에 아름다운
자태를 뽐내는 수줍음의 접시꽃
평온한 낮달의 꽃비에 젖어 든다

널따란 꽃바구니로 꽃 층 만들어
단비 한가득 담아 온몸을 식히며
볼그레한 화안으로 마중 나온다

접시꽃에 살짝 반해가는 내 마음
타오르는 열정으로 불태워가며
꽃물에 흥건히 사랑물 담으련다

비구름에 내리는 하늘비 간간이
꽃 대공 타고 흘러내리는 빗물에
접시꽃 당신은 천사 같아 보여요

아슴아슴 피어오르는 그리움에
연정의 몸살 앓이로 연분홍 꽃은
가슴에 맺힌 마음 님에게 전해요

* 낮달 : 낮에 보이는 달
* 아슴아슴 : 정신이 흐릿하고 몽롱한 상태

양귀비에 현혹되다니

장미에 반해 한동안 끌렸던 마음
양귀비에 정신이 번쩍 들고나니
온몸으로 붉게 불타올라 가고

바라만 보아도 금방 반해가려는
꽃봉오리 수만 송이 나부끼면서
붉은 노을과 함께 물들고 싶구려

사랑의 구애에 물들었던 꽃송이
수줍어 붉게 타오르는 적토마는
출렁이는 설렘으로 물들어가고

가녀린 꽃대에 사랑의 꽃잎 포개
뜨거운 열정으로 꽃을 피워내는
양귀비의 사랑으로 뜨거워지네

이슬 맺힌 꽃잎 사이로 햇살 들어
영롱한 눈동자 동글동글 구르고
발그레한 붉은 얼굴로 달아올라

쾌청한 들판의 붉은 꽃물결로
바람에 살랑살랑 옷자락 나부껴
눈부시게 내 가슴으로 다가오네

2. 여름에 피는 꽃

3. 가을에 피는 꽃

〈마음이 흔들리는 이야기들〉

아름다운 이별

청명한 하늘에는 실구름은 어여쁘게
자태를 뽐내듯이 긴꼬리 길게 늘이고
애연의 숲을 걷는 계곡 물줄기 소리에
만남의 인연을 즐기며 졸졸 흘러가네

정보의 홍수에 갇혀 버린 혼돈의 세상
니힐리즘에 서서히 빠져들고 싶으니
가을바람 부는 길 걸으며 혼탁한 맘
초목들에게 속마음을 털어 버리련다

가을은 내 마음에 소소한 뜨락 안으로
외로운 슬픔을 가을꽃으로 가려주고
알차게 익은 밤송이 문을 활짝 열으니
낭떠러지로 아름다운 이별하는구려

* 니힐리즘 : 허무주의, 아무것도 없으며 인식할 수 없거나 가치가 없다는 것

3. 가을에 피는 꽃

낙엽의 슬픈 마음

수많은 사연으로 엮어진 인연
가을바람에 살랑 흔들리더니
님의 심장으로 사뿐히 내린다

홍엽에 다 익은 아름다운 모습
나 홀로 가을 새처럼 날아가니
가슴에는 고요한 여운이 든다

사랑의 절정을 피워내던 순간
이별의 아픔도 잠시 잊은 채로
뜨거운 온기 토해내고 떠난다

찬 기온에 포근한 옷 저버리고
계절의 변화에 따뜻한 옷 벗는
상처 남기고 떠남에 슬퍼진다

찬 바람 불어오는 싸늘한 날은
님이 그리워지는 가슴 달래며
슬픈 마음 사랑 소리 들려온다

코스모스 향기

향기로 유혹하는 그 순정에 이끌려
다채로운 색상으로 꽃밭을 이루니
고독한 그리움에 빠져 있는 가슴에
코스모스의 물결에 슬며시 취하네

모진 세파 속에 향기 되어 날아오니
중년의 마음속을 달래주는 향수에
숙성되어 가는 연정에 예쁘게 피는
코스모스 향기에 세월을 잠시 잊네

바람결에 하염없이 젖어 드는 향기
달빛에 비추어 오는 호수의 잔물결
햇살의 속삭임에 잠시 흔들리면서
소슬바람에 춤추며 향기를 맡는다

이슬이 서리가 되어

따뜻한 사랑물 먹는 꽃을 피우며
벌과 나비에 달콤한 꿀을 전하고
부드러운 가지에 어여쁜 꽃 피니
차가운 서리에 얼어 버린 너였지

잎새는 가장 아름다울 때 떠나고
사람은 가장 초라할 때 떠나가듯
이슬 먹고 자란 잎새는 서리맞고
시들어가는 나의 모습같이 보이네

아침햇살 받아 녹아가는 서리에
포근한 사랑의 눈시울에 적시고
서리는 녹아서 그대 품에 살포시
적셔주는 따뜻한 마음을 전하네

가슴을 적셔 주네요

남은 잎새 살랑살랑 떨어지고
들국화 향기가 살짝 묻어나는
들길 걸으니 그대가 생각난다

비에 젖은 낙엽들 서로 엉키어
맑은 갈색 물이 들길을 흐르니
초연한 마음에 생기가 솟는다

가슴을 적셔오는 가을 빗소리
빗방울도 주르륵 앞을 가리니
차창 유리에 구슬 되어 흐른다

그리움에 사무친 사랑비 내려
뜨거운 가슴에 녹아내리면서
촉촉한 가슴에 얼굴을 비빈다

3. 가을에 피는 꽃

코스모스 향기에

실구름 흩날리는 하늘 구름 아래
가냘픈 긴 종대에 매달린 꽃송이
바람에 향기를 저 멀리 날려주네

이리저리 바람 부는 대로 날리고
바람결에 향기 주는 코스모스는
빨강 주황 흰색으로 곱게 피었네

유연한 몸매에 바람 타는 즐거움
들꽃으로 피어 있는 꽃단지 품고
사랑도 바람에 날리며 유혹한다

고고한 자태로 웃음을 나누면서
푸른 하늘에 실구름으로 엉키며
형형색색으로 향기를 뿌려주네

바람 불어 오색구름 실어 보태고
뻣뻣한 줄기에 우듬지의 노을은
그리움에 사무친 옛사랑 보인다

* 우듬지 : 나무줄기의 맨 꼭대기

꽃처럼 아름다운 당신

아름다운 꽃의 정다운 향기는
머물고 싶고 마시고 싶어지듯
포근한 당신과 함께라 좋아요

착하고 예쁜 그대의 미소에는
항상 나의 심장을 설레게 하는
신비로운 온기가 흐르고 있죠

은은한 향기는 마음을 달래고
꽃처럼 해맑은 당신의 눈망울
꽃보다 아름다운 미소 좋아요

사랑에 꽃피어 벌에게 꿀 주고
또 다른 사랑으로 열매를 맺어
영원한 사랑 이어가고 싶어요

코스모스 살랑살랑 향기 뿌려
길 가던 연인들의 마음 훔쳤던
아름다운 추억들이 생각나요

3. 가을에 피는 꽃

국화 향기에 커피 한 잔

오전에 마시는 한 잔의 커피
마음을 쓰다듬고 음미하며
한가로운 오후에 커피 한 잔
행복한 시간을 만들어 가니

국화 향기에 취하는 인생은
즐거웠던 시절을 생각하며
어느새 빈 잔만이 남았네

빈 잔에 남겨진 아쉬운 여운
이별의 시간 오래되었지만
목마름에 갈증만이 남았고

인생에 숨겨둔 향기로움이
밤하늘 보름달에 비쳐오듯
고귀한 시간이 스쳐 지나

향기 오르는 커피 한 잔으로
그리움의 사랑 이야기 담아
즐겁게 마시며 살고 싶네

가을 엽서

빨갛게 물든 단풍잎 하나 따다가
가슴에 품어 그리운 당신 앞으로
가을 엽서 한 장 만들어 보내렵니다

청량한 호수에 비친 가을 단풍
예쁘게 물들 때 내 마음도 담아
당신에게 엽서 한 장 보내렵니다

구름에 걸어 둔 가을 풍경 배경에
그대의 밝은 미소를 그려보려니
저수지에 비친 그대 얼굴입니다

숲속에서 바람 소리 새소리 듣고
어제와 다른 옷차림으로 찾아와
만추의 계절을 인증샷 보냅니다

뜨겁게 익어가는 단풍의 계절에
황홀한 제 빛깔로 물드는 그날에
이 가을은 더욱더 깊어만 갑니다

3. 가을에 피는 꽃

홍엽에 물들어가며

늦가을의 스산한 바람 불으니
계곡의 찬바람에 홍엽은 지고
바위에 낙엽이 나뒹굴어 가고

인연의 끝자락 슬픔을 머금고
바람이 이끄는 낯선 곳을 향해
먼 미지의 가을 여행을 떠난다

차가운 바람에 이별의 아픔은
마비되어 얼어가고 있으니
이리저리 뒹굴어 제 곳을 찾아

새파란 새순의 잎새들 푸르게
울창한 숲길로 걸어가던 그 길
붉게 물든 단풍잎들로 채운다

앙상한 가지만 바람에 흔들려
잎새들 떠난 산자락 지켜주며
겨울 준비에 비지땀을 흘리며

떨어진 낙엽은 퇴적물이 되어
한 줌의 흙으로 자양분 만들고
이듬해 봄이 되면 새순 만든다

가을이 남긴 향기

우울했던 가슴에 빛에너지 파고들어
가을 풍광에 심취되어 마음의 빗장을
활짝 열고 만추의 기쁨 즐기고 있네

화려했던 단풍마저 쓸쓸한 낙엽 되어
거리를 떠다니는 방랑자의 모습 보며
삶의 무게를 버티는 중년의 얼굴이네

욕심도 내려놓고 미움도 내려놓으니
제 빛깔 곱게 물든 단풍의 예쁜 모습
잠시 그대와 한 몸 되어 행복 느꼈네

한 해의 뜨거운 사랑에 흥분의 도가니
아름다운 단풍 되어 님 떠난 낙엽으로
당신의 따뜻한 품속으로 안기고 싶으네

3. 가을에 피는 꽃

이별의 아쉬움

잎새 물든 단풍은 가지에 매달려서
기쁨의 순간을 함께하는 시간 짧고
붉게 물든 잎사귀 대롱대롱 휘날려
가을 풍광도 빠른 속도로 지나간다

찬바람에 떨어질 듯 애타게 잡은 손
가지에 상처 주지 않고 떨어질세라
제 빛깔 천연색으로 곱게 물든 잎은
어여쁜 새색시는 수줍어 나부낀다

단풍나무 가지 사이로 떠오른 햇살
차가운 가지에 온기를 주며 데우니
화창한 가을 하늘 아래로 붉게 피운
마지막 잎새에 이별의 인사 나누네

커피 한잔해요

단풍이 물드는 싸늘한 날
마음의 평온이 찾아들고
향기 나는 화초들 떠나니

허전한 마음은 허공에서
따뜻한 햇살로 위로하고
향기로 커피 한잔하네요

온 세상을 적셔주는 빗물
내 마음속에도 스며들어
커피 향기에 살짝 빠져요

향기를 마시는 시간만은
일상의 일부분을 채우며
행복한 순간을 이어가요

가을이 주는 미학

나뭇잎 떨어지는 만추의 계절 맞아
그대와 함께 여행을 떠날까 싶은 맘
새소리 물소리 계곡의 바람 소리에
금빛 햇살에 시를 적어 낭송하네요

즐거운 노래 들으며 호수의 둘레길
사랑을 속삭이는 물오리와 걸으며
가을이 저무는 계절 우리 예쁜 사랑
낙엽 지는 곳으로 여행 떠나고 싶네요

석양의 붉은 노을에 노오란 모과가
익는 정원에는 국화 향기 그윽하고
절정의 적단풍도 맵시를 뽐내면서
손 흔들고 가지에서 떨어져 나가네

금빛 햇살

금빛 햇살에 익어가는 황금 들판
중년의 메뚜기도 통통히 살찌고
스쳐 가는 바람결도 유혹의 눈빛
따사로운 금빛 햇살에 춤을 춘다

시리도록 눈부신 에메랄드 햇살
마알간 하늘 뒤로 속살 드러내고
가을은 하루하루 그 자체만으로
보배로운 선물로 감사함 느낀다

감나무에 매달린 빠알간 홍시도
떠나기 싫은지 붉은 피를 흘리고
나팔꽃은 활짝 피어 미소 지으며
스산한 가을의 이별에 슬퍼한다

3. 가을에 피는 꽃

애잔한 그리움에

한낮의 뜨거운 열기는 치솟고
폭염의 찜질방을 느끼게 해도
들판의 과실은 살이 찌고 있다

후끈한 한낮의 여름을 등지고
가을의 초입에 설익은 사랑이
슬그머니 귀뚜라미가 전한다

잊혀진 추억의 메뚜기잡이로
익어가는 들판의 논밭 둑길은
상큼한 풋사랑의 추억이었다

첨벙첨벙 냇가의 멱감는 모습
난타 공연 퍼포먼스의 물길은
애틋한 발자취로 기억이 난다

흩날리는 가슴으로 반추되어
작별의 상처 입은 진혼곡으로
산허리 맴도는 메아리 울린다

4. 겨울에 피는 꽃

〈그물에 걸리지 않는 바람처럼〉

인생은 조약돌

인생은 바다의 작은 조약돌처럼
서로 부닥치며 갈고 다듬어지고
모가 난 돌들도 파도와 끊임없이
교감하며 울고 웃으며 함께 한다

하염없이 움직이는 파도의 벗인
영원한 동반자로 사랑을 나누고
바다의 큰 돌들도 세월이 지나면
작은 돌이 되어가듯 삶도 그렇다

파도에 노래하고 슬픔을 달래며
바다는 나의 친구로 의지가 되고
언젠가는 아름다운 조약돌 되듯
인생의 뒷모습이 빛났으면 한다

따뜻한 동행

인생도 계절에 따라 찬 바람도 불고
포근한 바람 부는 날일 수도 있듯이
냉기가 서린 날씨에는 몸도 움츠려
따뜻한 커피 향기로 몸을 녹여 봐요

차가운 바람 부는 겨울 날씨에
그대의 말 한마디에 온기 느끼며
가슴에 따뜻한 피가 흐르는 마음
눈 속에 피는 꽃처럼 아름다워요

얼음 밑으로 흐르는 강물의 고기
평온한 유영을 즐거워하듯이
각자의 환경에 맞는 삶으로
즐겁고 행복하게 살며 동행해요

4. 겨울에 피는 꽃

사랑은 아픈 거래요

사랑하는 것은 고약과 같은 것이라서
아픔을 치료하는 만병통치약이라지만
통증이 견디기 힘들면 진통제 맞으면
잠시 아픔을 잊게 하는 환각제라지요

사랑은 마약과 같은 신기한 환각제라
사랑할 때는 아픔이 잠시 잊게 하지만
사랑하였던 사람과의 인연을 다하면
그 상처로 오는 몸살은 오래가지요

힘든 세상 물처럼 부드럽게 흘러가고
바람처럼 세상 구경하며 날고 싶지만
아픔이 두렵다면 사랑도 하지도 말고
초목처럼 바람에 흩날리며 살아가요

바람의 언덕

아픔을 느낄 만큼 그대를 사랑하게 되면
아픔은 사라지고 그리움만이 찾아드니
얼마나 많이 주느냐보다는 얼마나 많은
사랑을 담아내느냐가 중요한 것 같아요

살면서 바라는 한 가지 소망이 있다면
이웃 간에 서로 사랑하는 사회가 되며
더불어 사는 것은 내 마음 같지 않아
한낱 바람이 되어 물이 되고 싶어요

바람 덕에 가고 싶은 곳으로 날아가며
물이 되어 가려운 곳을 긁고 흘러가니
바람의 언덕 너머로 당신이 기다리면
태풍의 비바람을 피해서 찾아갈게요

청계사 가는 길

계곡 속으로 등산하며 보이는 숲길 사이
아름다운 하늘이 오늘의 행복길이 되고
언덕에서 흘러내리는 물소리에 지친 몸
잠시 잊게 하는 숲길 등산은 힐링 길이네

불어오는 시원한 바람에 등줄기의 땀은
육신으로 스며드는 바람길을 걷게 하고
화창한 맑은 하늘에 물소리, 바람 소리
가슴에 와닿는 산책길은 행복길이 되네

몸 관리한 노년의 발걸음은 힘이 넘치고
게으른 청년의 발걸음은 고통 길이 되니
체력은 관리하기에 따라 젊음을 유지하며
노년의 모습도 푸른 초목처럼 젊어지네

행복 차에 담아

산들바람에 다가오는 상쾌한 공기는
자연이 주는 값진 선물을 받았습니다

새소리에 새벽을 열어주는 기지개는
온몸의 근육을 풀어주고 당겨줍니다

상큼한 공기에 달콤한 기분을 태워서
하루의 일상을 향기 차로 설계합니다

지나가는 기차 소리에 여행의 기쁨도
한 스푼 넣어 한 잔의 차로 마셔봅니다

여기저기 달콤 새콤한 생각들을 모아
하루의 향기를 행복 차에 담았습니다

오늘은 기쁨과 슬픔이 오고 가는 중에
행복이 잠시 내 품 안으로 다가옵니다

4. 겨울에 피는 꽃

당신을 잊지 않을게요

병상에 누워 당신의 밥숟갈을 받으니
목구멍이 막히고 눈물만이 흐릅니다

빈번한 잔소리에 원망도 많이 했지만
어머니를 끔찍이도 사랑을 했답니다

당신을 사랑하는 마음 천년이 흘러도
가슴 깊이 새겨 영원히 함께하렵니다

그대를 두고 떠나려니 내 가슴 아파
눈물만이 자꾸자꾸 흘러내린답니다

이제는 육신이 노쇠하여 나약해지니
당신의 따스한 온기가 그리워집니다

홀로 바라보는 형광 등불 아래 당신은
황혼의 노을빛처럼 멋진 아버지입니다

그리움은 윤슬처럼

향기는 그물에 걸리지 않는 바람처럼
자유로운 영혼이 아름답고 멋스러워
곰비임비 자연의 파노라마에 몸담은
기차여행으로 낭만의 꽃향기 마신다

외로움은 언제든지 내가 만들어 가고
그리움은 윤슬처럼 나 몰래 찾아들며
꽃을 피울 준비하는 시간은 길다지만
질 때는 봄바람처럼 슬며시 사라진다

하루가 다르게 앞다퉈 피던 벚꽃들도
벌써 연둣빛 새순으로 변신하면서
아름답고 예쁜 꽃이라도 화무십일홍
제 역할하고 중년의 멋스러움 보인다

* 화무십일홍 : 열흘간 붉은 꽃으로 필 수 없다 즉, 아무리 쎈 강자도 잠시일 뿐
* 곰비임비 : 사람, 사물에 반복되는 현상
* 윤슬 : 햇빛, 달빛에 반짝이는 잔물결

4. 겨울에 피는 꽃

사랑에 젖어

그리움의 마음은 저 하늘에
끝없이 펼쳐져 날아가듯이
별처럼 아름다운 고운 길로
살포시 그대에게 달려가요

하늘에는 샛별이 떨어지고
마음에는 새알이 굴러가고
불어오는 바람결에 이슬이
눈물방울 되어 흘러내려요

사랑에 젖은 하늘 구름 속에
지워도 하얀 그리움에 쌓이니
내 마음같이 그대 사랑으로
가슴 깊이 옹달샘이 흘러요

느낌이 좋은 날

포근한 저녁 기분 좋게 잠이 들 때는
아늑한 꿈자리가 깊은 잠에 빠지니
꿈나라에서 오고 가는 웃음소리에
영혼을 편안하게 해주니 숙면해요

큰 변화가 오기 전에 오는 느낌으로
어떤 징조로 예고되고 다가오듯이
작고 사소한 변화가 주변에서 일고
또 다른 움직임이 직관적으로 오네요

강직한 기류가 몸 주변에서 맴돌며
전류가 흐르듯 느낌으로 전해주고
큰 행운이든 불행이든 찾아올지니
오늘은 조용히 가정에서 쉴 할게요

역경을 이겨내요

흔들리고 힘 드는 외로운 길도
따뜻한 말 한마디에 힘이 되고
병들어 아파하며 누워 있어도
사랑한다는 표현에 행복해져요

당신과 함께 나누었던 시간들
소중하게 생각하고 간직하니
다가온 역경을 담담히 받으며
순리대로 살아갈 때 맘 편해요

내 마음이 흔들리고 어려워도
시간의 흐름 속에 적응해가고
인생사는 새옹지마라 하듯이
이 순간도 이 또한 지나가겠죠

한파 속의 서광

싸늘한 저온 창고에 들어가는
매서운 냉기가 온몸을 스치고
동장군의 기세로 몸을 움츠려
도톰한 겨울 잠바는 제값 하죠

유리창에 하얀 서리꽃이 내려
히터의 열기 기다리는 시간에
새벽 출근길 따뜻한 차 한 잔은
나의 시린 마음에 온기 줘요

차가운 겨울의 쌀쌀한 날씨는
내 마음속의 온돌방 찾아오고
아침 햇살 떠오르는 동쪽 길은
따뜻하고 온화한 서광 비춰요

바람에 출렁이고 탈색한 잎새
정처 없이 날아다니는 모습은
어수선한 시국의 난세를 사는
영혼 없는 빛바랜 인생 같아요

4. 겨울에 피는 꽃

햇살 속에 먼 산 바라보며

겨울에는 따뜻한 꽃사랑을 피우며
눈송이처럼 그대에게 가고 싶어요

머뭇거리지도 서성대지도 말지니
나의 마음을 감추려 하지도 않아요

하얀 생애 속에 그냥 뛰어들어도
따스한 겨울을 함께 보내고 싶어요

당신과 천년만년을 나목이 되어도
먼 산을 바라보며 인생꽃 피워 가요

순탄한 길이 모두 같지는 않더라도
인생길은 길어도 순탄치가 않아요

행복했던 시간이 오래가지 않아도
그대와 함께했던 순간이 좋았어요

겨울 속으로

추억은 낙엽처럼 그리움만 쌓이고
그리움은 갈대처럼 세월만 흐르니
겨울 소리는 차갑게 온다고 하는데
이별의 소리는 기약도 없이 떠나요

오늘도 겨울 속으로 홀로 걸어가니
차가운 겨울바람에 내 마음 흔들려
그대와 하나 되어 걸어가던 추억 길
우리의 추억만이 쓸쓸히 쌓여 가요

애증의 강가를 따라 흐르는 물결에
웃음소리 장단 맞춰 살포시 들리고
차창에 떨어지는 노을길 소리 장단에
흥얼거리며 트롯 노래를 불러 봐요

4. 겨울에 피는 꽃

트롯 같은 인생

폴짝폴짝 기분 좋아라 흥겨워
어린아이가 즐겁게 뛰어놀듯이
근심 걱정 지우는 신명 난 춤 춰요

세상에서 태어나 살아가는 곳은
달라도 만나고 헤어지는 만남은
인연으로 쌓이는 트롯 인생이라

사랑하고 싶은 사람으로 남아서
기분 나는 대로 기쁨과 슬픔 주는
반고개 넘고 넘는 트롯 인생이라

빠른 걸음으로 조깅하면서
노래하고 춤추며 땀 흘리는 운동
힘든 삶도 신나는 트롯 인생이라

머리부터 발끝까지 들썩들썩이며
신나게 산길을 엉덩이 춤추면서
트롯 같은 인생길로 여행하리라

해설이 있는 공감 시

〈위로〉

달빛에 가려진 그대

어슴푸레 보이는 달그림자가
나뭇가지에 걸터앉은 보름달
술잔에 두둥실 떠다니는구나

한 잔 두 잔 따르는 술잔마다
보글보글 술 방울에 비친 화안
그리움 속의 그대가 비춰 오네

달빛에 붉어진 그림자 하나는
너울너울 춤을 추며 내려앉은
하얀 꽃의 천사가 보이는구려

흥건히 취기에 오른 술기운에
영혼을 마시는 달빛의 흔들림
흥에 겨워 그대와 사랑길 걷네

밤이 지나면 흔적 없이 사라진
먼 은하수에서 뭇별로 만나는
그리움은 샛별로 찾아오구려

*뭇별 : 많은 별
〈해설〉참 아름다운 달과 술, 사랑, 추억 그리고 세상을 떠나는 것에 대한 감정을
담고 있으며 시작 부분에서는 보름달이 나뭇가지에 걸려 있고, 술잔이 둘려 실
려 있습니다. 술잔 안의 술이 끓어오르며 그 안에서 화안에 그려진 그대의 모습
이 비춰 집니다. 이어서 하얀 꽃의 천사가 춤을 추며 내려앉은 것을 상상하게 되
고 술에 취한 기운으로 그대와 사랑을 하고, 먼 은하수에서 뭇별로 만나는 그리
움 샛별로 찾아온다는 희망적인 말로 끝나고 아름다운 자연과 사랑, 추억, 그리
고 세상을 사는 복잡한 감정들 담고 있으며 그 감정들은 참 예술적으로 표현되어
있는 시라고 할 수 있습니다.

초록의 풍경

눈맞춤에 전달된 마음이 통하는
그대는 알 수 없는 매력의 소유자

은은하게 불어오는 향기에 빠져
떠나지 못하는 꽃송이에 앉아서

윙윙 날개를 흔들어 향기를 담아
온몸에 꿀 가루 잔뜩 묻혀 나르네

연초록 잎사귀들의 나뭇가지에는
싱그러움의 자태 뽐내듯 흔들고

하늘을 가린 우거진 초목들 세상
유연히 흔들흔들 즐거운 나날들

신록의 계절은 붉은 장미보다 더
예쁜 초록의 잎새들로 맘 편하네

〈해설〉 아름다운 초록 풍경을 묘사하고 있으며 녹색은 대자연의 삶과 풍요로움, 생명의 기운을 상징하며, 초록색의 향기와 생명력이 묘사되고 있으며 글 속에는 꽃송이에 앉아 윙윙 날개를 흔들며 향기를 담아온 몸에 꿀 가루가 묻혀있다는 표현이 나오는데, 이는 자연과 인간의 조화로움을 나타내고 있습니다. 또한, 초록색의 잎사귀들은 싱그러움의 자태를 뽐내며 흔들리고, 우거진 초목들은 세상을 유연하게 흔들면서 즐거움을 선사합니다. 이는 자연에서 찾을 수 있는 진정한 행복과 삶의 아름다움을 담은 메시지입니다.

덩굴장미와 만남

담벼락 에워싼 푸른 잎새 사이로
붉게 물들여 가는 덩굴장미 송이
올망졸망 모여 곱게 핀 꽃들이여

아름답고 어여쁜 풋사랑으로 핀
그대의 고운 꽃잎 포개어 쌓아둔
정열의 꽃으로 오월을 지켜가리

붉은빛 연정 그리움으로 번지며
뜨거운 태양열 꽃송이에 담아서
밤새 서늘한 찬 기온 데워 주노라

어둠에 활짝 핀 장미들은 정원을
가시로 지켜주고 꽃으로 가리니
한적한 밤의 세상을 단장하노라

새벽이슬로 목마른 갈증을 풀고
정결하게 세면하여 기다리면서
그대의 가슴도 애간장 녹여가리

가시 돋친 마음으로 꽃을 피우고
붉은 정열로 피워낸 향기로 인해
그날의 언약을 기억하며 있으리

〈해설〉 덩굴장미는 담벼락을 올라가며 푸른 잎사귀 사이로 붉게 물들어 가는데,
이는 자연과 인간의 조화로움을 나타내며 글 속에서는 덩굴장미의 꽃들이 곱게
핀 어여쁜 풋사랑으로 핀 것으로 묘사하고 있습니다. 덩굴장미의 꽃들은 그대의
정열과 열정으로 만들어진 것처럼 묘사되고 있습니다. 꽃들은 붉은빛 연정과 그
리움으로 번져가며, 뜨거운 태양열과 서늘한 찬 기온을 이겨내며 밤새도록 피었
습니다. 이는 사랑으로 인해 서로의 마음이 하나로 녹아들게 되는 것을 나타내
며, 그 사랑을 기억하며 함께 있을 것을 약속하는 메시지들이다.

계곡 산중의 숲속에서

아카시아 향기 은은하게 내리는
깊은 계곡 산중으로 벗과 걸으며
인향에 묻어나는 참모습 좋아라

물 흐른 소리가 청명하게 들리는
키 큰 상수리나무 아래 휴식하며
하늘 덮은 잎새들 햇살 가려준다

늘 푸른 소나무와 마주하며 웃고
울어 주는 사계절 변함없는 나무
뿌리 깊이 내려 든든해서 좋구나

새소리 정겹게 들리는 산중에서
땀 흘리며 걸어가는 등산객으로
산을 품은 걸음에 즐거움 나누네

초목에서 나는 은은한 솔향기에
새들의 지저귐에도 즐거움 더해
숲속 분위기에 잠시 잠을 청한다

〈해설〉 계곡 산중의 숲속에서의 아름다운 자연경관과 그 속에서 느껴지는 평온
함과 즐거움을 묘사하고 있으며 아카시아의 향기와 물소리, 새소리, 나무의 존
재감 등을 통해 자연과 함께하며 여유로운 시간을 보내고 있는 모습입니다. 산
을 오르며 걷는 등산객들과 함께하는 즐거움도 느껴지며, 숲속의 분위기에 잠
시 잠들어 일상에서 놓친 휴식을 취하고자 하는 마음도 담겨 있습니다. 자연
을 향한 사랑과 그 안에서 평화로움을 추구하는 우리 삶의 일부분에 대한 감상
을 담고 있습니다.

해설이 있는 공감 시

세월은 물 같아라

졸졸 내려오는 도랑물 지나서
줄줄 흘러가는 냇물을 거치며
유유히 흘러가는 강물 같아라

흐르는 물은 여러 곳에서 시작
산과 들을 지나 굽이굽이 흘러
끝없이 돌고 돌아 흘러가리라

녹음의 호숫가에 물 위에 비친
노란 원피스 고운 자태 뽐내며
그리움의 꽃향기로 날려주네

윤슬에 속삭이는 그대 눈빛은
반짝반짝 향기 없는 그리움이
강가에서 조곤조곤 속삭이리

젊어지게 하려면 운동을 하고
오래 살고 싶으면 많이 웃으며
행복하게 살려면 사랑을 해요

〈해설〉 세월이 끊임없이 흘러가는 것을 물의 흐름에 비유하여 표현하고 있으며 끝없이 흘러가는 강물이나 도랑물을 거치며 유유히 흐르는 모습을 그리며, 세월이 삶을 흘러가듯이 조용하게 흐르는 것을 노래합니다. 또한, 시인은 삶을 즐기고 건강을 유지하기 위한 방법으로 운동과 웃음, 그리고 사랑을 권합니다. 이 시는 우리가 모두가 지나가는 삶의 순간들을 소중히 여기고, 삶의 짧은 시간 최대한 즐기며 살아가는 메시지를 전합니다.

마음의 거리

아무리 가까이 있다고 해도
마음이 없으면 먼 사람이고

아무리 멀리 있다고 하여도
마음이 있다면 가까운 사람

사람과 사람 사이는 거리가
있는 것이 아니라 마음이다

마음 다스릴 줄 아는 사람은
마음을 아프지 않게 해주고

상대의 감정 따뜻하게 하고
내 편을 만들어 가는 과정에

따스한 말을 전하여 주면서
위로의 마음을 전하여 준다

〈해설〉 마음의 거리를 단절시키는 것은 자칫 소중한 인간관계를 망치는 결과를
초래할 수 있으므로 상대방의 마음을 존중하고 따뜻한 마음을 전하는 것이 중
요합니다. 마음 다스리기란 상대방의 감정을 이해하고 공감하는 것을 의미합니
다. 상대방의 어려움에 대해 이해하고 위로의 말을 건네는 마음을 따뜻하게 하
며 서로에게 더 가까워질 수 있으므로 먼저 마음의 거리를 단절시키는 행동을
자제하며, 서로 마음을 열어 솔직한 대화로 마음의 거리를 좁히라는 시입니다.

해설이 있는 공감 시

중년의 가슴에

중년의 세월로 시간 흘러갈수록
나 홀로의 시간은 더욱 길어지고
그대에 대한 그리움 더 애달프네

사람 많이 사귀어도 마음 통하고
믿음 가는 그런 사람 찾기 어려워
홀로 인생 살기에 익숙해져 가네

계절에 따라 피는 꽃은 아름답고
향기는 달라도 느낌은 어여쁘니
피는 꽃들은 더 아름다워 보이네

행복을 주고 싶은 맘 간절하지만
메마른 가슴에는 어둠이 내리고
무정한 세월 탓하기에 아쉽구려

피고 지면서 인생은 익어가거늘
꽃들도 서글픈 사연이 있으련만
인생의 오솔길에 꽃잎만 보이네

〈해설〉 중년이 되면서 시간이 흘러갈수록 혼자 있는 시간은 더욱 길어지고, 그리움은 더욱 애달프게 느껴집니다. 사람은 많이 사귀어도 마음이 통하고 믿을 수 있는 사람을 찾기 어려워져 가는데, 그렇다고 해서 혼자 있는 것이 익숙해져서는 안 됩니다. 계절에 따라 피는 꽃은 각기 아름답고 향기도 달라도 느낌은 모두 어여쁘니, 우리도 마찬가지로 각자의 아름다움을 지니고 있습니다만 혼자서는 행복을 주는 것이 쉽지 않습니다. 메마른 가슴에는 어둠이 내리고, 무정한 세월 탓만 하면서 아쉬움과 그리움만 쌓이는 것은 좋지 않습니다. 이러한 시련 속에 우리는 인생의 꽃잎과 같이 아름답게 피어날 수 있도록 노력해야 합니다.

걸어가다 보면

한 발짝 두 발짝 밟아가는 로드길
스치는 가로수 길의 이팝나무들
하얀 눈송이들로 덮어쓴 꽃송이

병풍처럼 둘러싸인 초록 산들은
유유히 흐르는 강물 바라보면서
평온한 자연의 조합이 아름답다

강물 주변의 텐트족들은 밤새워
낚시하면서 참살이의 즐거움에
휴일을 만끽하는 행복한 모습들

걸어가다 보면 야생초도 보이고
들판의 오곡백과는 더욱 푸르며
강길 오가는 새들도 즐거워한다

이름 모르는 초목들의 참모습들
무심히 지나치면 안 보이겠지만
걷는 길에 기뻐하는 모습 보이고

동행하는 벗들과 즐거움 나누며
인생살이 번뇌의 일상들 지우는
발걸음의 디딤돌에 하나둘 새긴다

〈해설〉 행복한 자연과 함께하는 산책은 우리에게 큰 위안과 즐거움을 선사합니다. 자연 속에서는 우리가 잊고 있던 아름다움들이 우리를 기다리고 있고, 함께 걸으면서 발견하는 것들은 소중한 추억이 됩니다. 그리고 함께하는 벗들과의 즐거움은 삶의 번뇌를 잊게 해주고, 디딤돌에 하나둘 새긴 발걸음들은 우리의 인생길에 흔적을 남겨준다는 글들로 표현하였습니다.

해설이 있는 공감 시

별빛 시나브로

그리움의 향기는 어둠 속으로
수많은 별들 중에 내가 선택한
소중한 그대는 나의 별이지요

밤하늘 반짝이는 그대 모습에
설레는 야속한 밤을 뜬눈으로
샛별의 속삭임에 귀를 열었죠

그 누구도 대신할 수 없는 별
소중한 사람으로 그대 사랑에
별빛이 시나브로 스며들어요

산을 넘고 넘어 강줄기 따라서
하염없이 구비 돌아 흘러가니
강물에서 그대 얼굴 찾았어요

떨어지는 별똥으로 사라지듯
꿈속에서 잠시 머물다 떠나는
그리움에 사무친 그대 보았지요

〈해설〉 그리움의 향기와 밤하늘의 별빛, 그리고 사랑을 품은 이야기를 담고 있
고 지친 일상에서 힐링을 찾고자 산을 넘고 강을 따라 흘러가는 모습, 그리고
그 속에서 내 별이 빛나는 모습이 자연스럽게 떠오르게 됩니다. 샛별의 속삭임
귀를 열며, 내가 선택한 소중한 사람, 별을 향한 그리움과 사랑의 감정이 스며
들어 있으며 시를 통해 이야기하는 것은 사랑하는 사람을 잃었을 때의 그리움
이라는 감정이 밤하늘 별빛처럼 영원히 남아 있음을 암시하는 시입니다.

나만의 시인

시시각각 다채롭게 비추는
황홀한 네온사인 불빛처럼

어둠의 시야를 즐겁게 하는
그대가 내 가슴의 카멜레온

시인의 마음에서 떠오르는
별빛의 속삭임에 녹아든다

마음을 움직여주는 그대여
세상의 모든 것이 아름다워

상상의 나래 속으로 찾아든
만지지 못하는 어둠의 불꽃

창작의 시상으로 빠져드는
그대가 나만의 시인입니다

〈해설〉 사랑하는 이에게 바친 시인의 마음을 표현하고 있습니다. 그대가 어둠의 시야를 밝혀주는 네온사인 불빛처럼, 그대의 존재 자체가 시인에게 황홀함을 선사하며 마음을 움직이게 하며 마치 카멜레온처럼 다양한 감정을 표현하는 시인의 마음에 그대의 별빛의 속삭임이 녹아들어, 더욱 아름다운 시로 탄생하게 됩니다.
시인은 그대의 존재로 인해 세상의 모든 것이 아름다워 보이며, 상상의 나래를 창작의 시상으로 빠져들게 됩니다. 시인의 마음에 가장 특별하고 소중한 존재로 나만의 시인으로 남아 있고 사랑하는 이에게 바친 마음 전달하며, 더욱 따뜻하고 아름다운 인연을 이어가길 바라는 서정적인 시랍니다.

해설이 있는 공감 시

단풍

무지갯빛으로 곱게 피고 지는
가을 단풍은 아름답게 내리고

익어가는 인생도 세월이 가면
울긋불긋 오색 단풍 드는구나

허공만큼이나 뻥 뚫린 마음에
쾌청한 공기로 몸을 달래 가고

따뜻한 햇살의 품 안에 안기어
깊은 꿈속으로 여행을 떠나요

황금들판 오곡백과 익어가듯이
당신 눈길을 받을 수만 있다면

맑은 영혼 고운 빛깔 기뻐하며
곱게 물들면서 떠나고 싶어라

〈해설〉가을의 단풍이 인생에 비유되어 우리가 세월을 보내면서도 아름다움과
성숙함을 얻는 모습을 담고 있습니다. 시인은 자신의 마음이 뻥 뚫린 것처럼 솔
직하고 투명하며, 공기처럼 맑은 삶을 추구한다는 것을 전합니다. 그리고 따뜻
한 햇살과 깊은 꿈속으로 여행 떠나고 싶다는 의지를 나타내며, 황금 들판에서
눈길을 받을 수 있는 존재가 되고자 합니다. 마지막으로 맑은 영혼과 고운 빛깔
로 물들어 떠나고 싶은 강한 염원을 표현합니다. 자연의 아름다움과 세월의 흐
름을 통해 인생을 생각하게 만들며, 삶의 진정한 가치를 찾아가는 과정에 우리
에게 용기와 희망을 주는 시로 표현하였습니다.

신록의 강길 걸으며

사부작 내리는 보슬비의 춤사위
초목의 건반에서 다홍의 시야로
신록의 계절을 노래로 불러 본다

사계를 품은 초록의 가슴앓이로
푸르름에 저려오는 솔바람 타고
광야의 용솟음으로 날아오른다

벌거벗은 수양버들은 푸른 잎을
줄기마다 초록의 잎사귀로 덮어
신록의 강길은 숲으로 덮어 준다

아련한 추억을 가슴으로 품어서
윤슬에 평온한 자연의 포근함에
살짝이 눈을 감으면 하늘로 난다

뜨거운 태양을 등에 이고 걸으며
강길에 어여쁜 꽃길을 유영하며
미지의 고운 꿈에 나래를 펼친다

〈해설〉 신록의 강을 걷는 시인의 풍경을 그려내고 보슬비가 내리는 가운데, 초목들의 건반에서 울려 퍼지는 음악 속에서 그는 다홍의 시야로 신록의 계절을 노래로 불러보며, 푸르름에 저려오는 솔바람과 함께 광야의 용솟음에 귀를 자극합니다. 벌거벗은 수양버들은 강을 따라 우거지게 자라나며, 각기 다른 초록의 잎사귀로 덮여진 채 신록의 강길을 숲으로 덮습니다. 이곳에서는 산과 강, 자연이 만든 아름다움 모두 하나 되어 있으며, 그 속에서 시인은 아련한 추억을 가슴에 품고, 윤슬에 적신 자연의 포근함에 눈을 감습니다. 태양의 뜨거움을 등에 지고 걷는 그는, 강길 위에서 어여쁜 꽃길을 유영하며 미지의 고운 꿈에 나래를 펼칩니다. 이 시는 자연과 함께하는 시인의 마음을 그려냅니다.

해설이 있는 공감 시

가슴에 담다

이동로 제2시집

2023년 9월 11일 초판 1쇄
2023년 9월 13일 발행
지 은 이 : 이동로
펴 낸 이 : 김락호
그림 삽화 : 김시현
디자인 편집 : 이은희
기 획 : 시사랑음악사랑
연 락 처 : 1899-1341
홈페이지 주소 : www.poemmusic.net
E-Mail : poemarts@hanmail.net

정가 : 15,000원
ISBN : 979-11-6284-475-5